# 僕らはまだ、恋をしていない！Ⅱ

中村 航

ハルキ文庫



角川春樹事務所

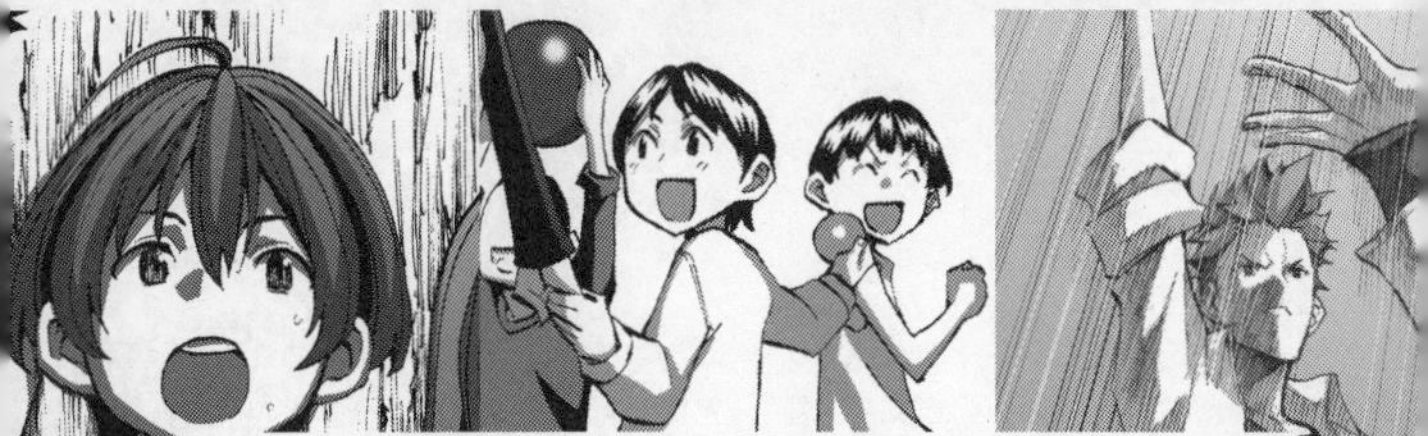

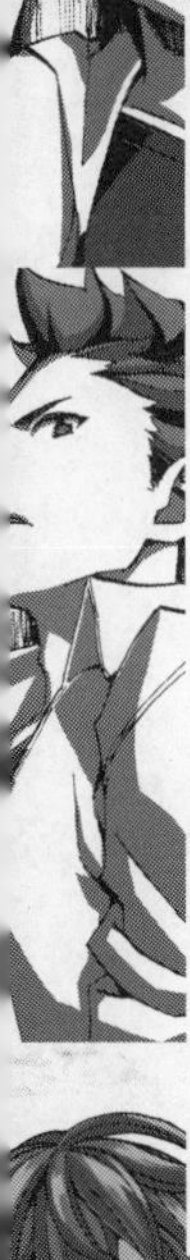

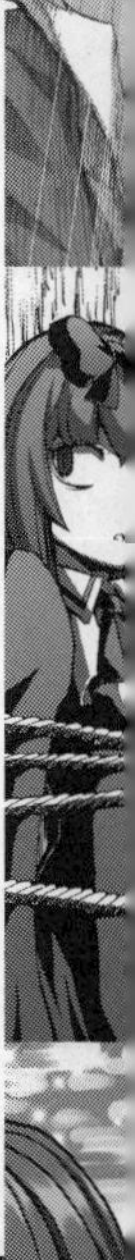

僕らはまだ、恋をしていない！ Ⅱ　**Contents**



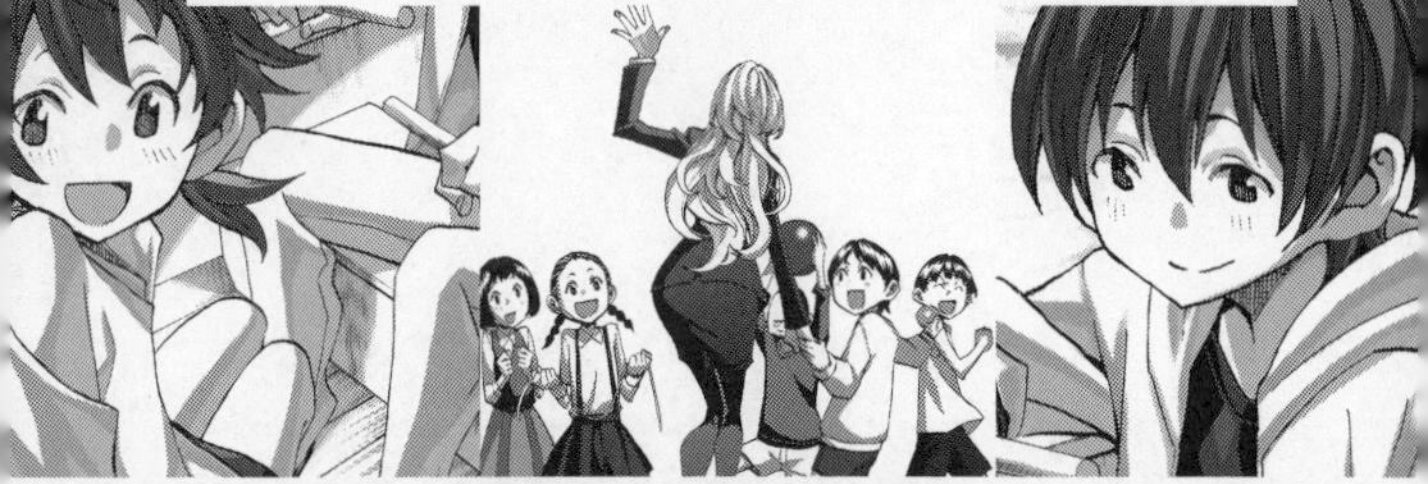

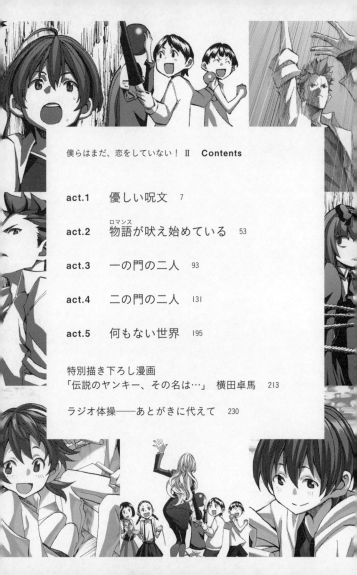

# 僕らはまだ、恋をしていない！ Ⅱ

# act.1 優しい呪文

足下に落ちている木の枝をパキパキと鳴らしながら、真一《しんいち》とアキラはけもの道のようなところを進んだ。

「……延生山《えんしょう》って、こんな感じだったかな?」

秘密基地で留守番をしていると言うハムスターの清正《きよまさ》くんを残して、二人は五分くらい前に祠《ほこら》を出た。清正くんに言われた通り、鳥居を出て左に曲がり、そのまままっすぐに、山道を進んだ。

子どもの頃、延生山に来たことはあったけど、秘密基地よりも奥に行ったことはない。というより、秘密基地より奥に、道なんてなかった気がする。

「こんな道なかった気がするし、それにここ、本当に道なのかな……」

ここが道なのかどうかも怪しいし、そもそもこの山自体が怪しかった。進めばわかる、と清正くんは言って、そのときはああそうかと思ったけれど、いやいや待てよ、と思う。だってそもそも、ハムスターが〝言った〟というのが、おかしな話だ。あれはほんの五分くらい前のことだったけど、夢のなかのできごとのように思える。

「何だか薄気味悪いっていうか……、空気が止まっているっていうか……、それに」

「もう何も言うな、真一」

一歩先を行くアキラに、真一の言葉は遮られた。

「ここが怪しかろうが、道じゃなかろうが、ハムスターがしゃべろうが、夜が昼になろうが、どっちにしても、おれらにできることは、三つだけだろ」

アキラは前を見つめたまま、真一に語りかけた。

「受け入れることと、それから、シッポを立てること、だ」

真一はアキラの肩を見つめ、それから空を見上げた。太陽は山かげに隠れていて見えない。けもの道は胡乱《うろん》に続く。

受け入れることと、それから、シッポを立てること——。おれらにできることは、三つだけだろ——。できることは三つあるらしいが、二つしかでなかった。

「受け入れることと突き抜けることは同義だ。そしてシッポを立てたからには、おれはもう迷わない。進むぞ」

きっと腹を決めて迷いを振り払うと、人間は自然に前だけを見るのだろう。アキラの毅《き》然《ぜん》とした後ろ姿に、迷いや戸惑いはなかった。

「翠《みどり》が待ってるんだ」

アキラはそれを自分自身に言いきかせているのかもしれない。

「……そうだね」

頷《うなず》いた真一も、静かに前を見つめた。二人はしばらく、黙って歩く。

山道といっても、傾斜はゆるやかだった。上っているようでもあり、下っているようでもある。一体、この道は、どこに続くのだろう。この先で何が二人を待っているのだろう。

「……あの、アキラ」

それを口にだすことも、思うことも、怖くて押しつぶされそうな気分だった。

「……あのとき、僕は、」

真一の必死の言葉に、アキラはまっすぐ前を見たまま何も言わなかった。真一は歯を食いしばって、次の言葉を発しようとする。取り返しのつかない真一の罪を、アキラはどう思っているのだろう。自分はそれをどう償えばいいのだろう。

秘密基地でうずくまっていたとき、真一はかつて起こったことを、完全に思いだした。自分のせいで……、真一が発作を起こしたせいで、翠ちゃんは……。真一のせいで翠ちゃんは……亡くなった……。

「アキラ、僕があのとき――」

「待て！　真一」

前を行くアキラが、急に歩みを止めた。

「今、何か聞こえたぞ」

「え？」

背の低い草が生えた道がまっすぐに続いていた。今までよりも先が開けていたけど、そこに誰かがいる様子はない。二人はしばらく動きを止め、耳に神経を集中した。


——来、る、な。


やがて遠くから、その声が聞こえた。小学生男子のような声だったが、前方には誰の姿も見えない。隠れているような気配もなかった。

「……誰だ？　こんなところに」

と、アキラがつぶやいた。前後左右、そして上下を確認し、やっぱり誰もいないな、と首を捻《ひね》る。来るなってことは何だ、来るなってことか？

「おい！　来るなって、どうしてだ！」

アキラが怒鳴ったが、返事はなかった。

「ねえー、来るなって、どういうことですか？」

真一も口の脇に両手を当て、大声で問いかけた。

「来るな！」

前方の誰もいないところから、はっきりした声が返ってきた。

「だから、どうしてだって訊いてんだろ！」

「来るな！　そのまままっすぐに来るな！」

アキラと真一は顔を見合わせた。まっすぐに来るな、と言われても道は一つしかないし、戻るわけにもいかない。

清正くんには、この道をまっすぐに進めと言われていた。清正くんは、この辺りのことを、ある程度知っているような口ぶりだった。

「無視して行くか？」

「うん、それしかなさそうだけど」

頷いた真一は、前方に向かって大声をだした。

「ねえ、どこにいるの？　そっちに行くよ！」

「来るな！」

また甲高い声が聞こえた。

「もういいよ。真一、行こうぜ」

「……うん」

二人が慎重に歩を進めた二秒後だった。

「おわっ！」

「うわああっ！」

足下を支えている地面が、ふわり、と消えた、のかと思った。浮いたような感じと、強引に重力に引っこ抜かれた感じが連続して、これは落下だということを落下しながら理解した。死ぬ、と、次の瞬間には思った。

「おおおおおおおおおおっ！」

アキラの声が斜め下から聞こえた。ざしゃっ、ばきばきばきばきっ、という音とともに、足下から頭の上に突き抜ける衝撃が奔《はし》った。実際には尻餅《しりもち》をついて倒れていて、ぐぎゃん、とかそういう声が口から漏れた。

「……くっそ、まじか」

素早く立ち上がったアキラが上方を睨《にら》んだ。

これが落とし穴だということを、真一は倒れたまま理解した。しゃれにならない深さの、本格的な落とし穴だ。

こ、これは一体……。

見上げると穴の口が小さくあった。足下を確認すると、落ち葉や小枝が敷き詰めてあって、何だかふかふかしている。落ちた者へのサービスのつもりなのだろうか。

「何なんだ！」

仄暗《ほのぐら》い穴の底から、アキラが上に向かって叫んだ。その声は、丸く切り取られた空の向こうに、頼りなく消えていく。

「あはははははは！」

穴の上から笑い声がきこえた。

「あははははははははははは！」

それはあまり聞いたことのないような大爆笑だった。

「誰だ！　おい！　顔をだせ」

アキラが叫ぶと、穴の口から誰かがぴょこんと顔をだした。小学生くらいの男の子だ。

こちらを覗《のぞ》き込みながら、彼はまだ、あははははは、と、大喜びしている。

「なんだお前は！　こんなことして楽しいのか！」

「ねえ、びっくりした？　びっくりした？」

「したに決まってるだろ！」

「あははははは！」

爆笑する彼が、この穴を掘ったのだろうか。だけど一体、こんな深い穴をどうやって、
そして何のために、掘ったのだろう。穴は深いし底は広いし、一人の小学生が掘ったもの
とはとても思えない。

「ねえ、落ちたからもういいでしょ。笑ってないで、助けてよ。ロープか何かあるかな？」

「うん。ちょっと、待ってね」

あっさり答えた少年は、穴のへりに腰掛けるようにした。

「そこ、危ないよー。行くよーっ」

はしごかロープか、何か上るためのアイテムが届けられると思っていた真一は、少年の行動に仰天してしまった。

「よっと！」

少年は、ザシャァァ、という音とともに飛び降りてきた。

「着地！　あははははっ、お兄さんたち、ありがとう！」

少年は真一に右手を差しだし、いきなり握手を求めてきた。反射的に、真一も彼の右手を握る。

「僕、せっかく落とし穴を掘ったのに、その結果を見てなくて、それだけが気になって気になって」

驚きのあまり声もだせない真一の手をぶんぶんと振り、少年は一方的にしゃべった。

「ずっとずっと、誰かが落ちるのを待ってたんだ。あれから、どれくらい待ったんだろ。でも二人も落ちるなんて」

真一に続いてアキラとも握手しながら少年は、ぷっ、と笑った。

「あはははっ、来るなって言ったのに。まっすぐ来るな、って言ったのに、二人とも。あはははは！」

「お前な、」

アキラは握手をしていた少年の腕を絡め取って、手首の関節を極《き》めるようにした。力は込めていないようだけど、本気の表情で少年を睨んでいる。

「こっちは、死ぬかと思ったんだぞ」

アキラに睨まれても、少年は平気な様子だった。

「うん。落ちる瞬間は死を思い、でも安全、ってのが、僕の理想の落とし穴なんだ。深さは出られそうで、でも出られないのがいい」

「出られない⁉」

「うん。穴があったら出たいものでしょ？　でも無理かも。あはははは！」

また心底嬉《うれ》しそうに笑った少年は、それからアキラと真一を順に見た。

「本当にありがとう、お兄さんたち」

勝手なことばかり言う少年だったが、それから彼に現れた変化に、怒りよりも驚きが上回っていく。

「……え、」

アキラの関節技は、するっ、と抜けるように外れた。一歩後ろに下がった少年は、緩やかに微笑《ほほえ》んでいる。

「真一！　ライト！」

慌ててポケットからマグライトを取りだしたけど、電池が切れていた。よくは見えないけれど、目の錯覚ではなかった。

満足そうな表情をした少年の身体《からだ》が、どういう訳か半透明になっている。あっけに取られていると、その透明度がさらに増していく。

ありがとう――。

少年の最後の言葉は、鼓膜よりも胸に直接響いたような感じだった。嬉しそうで、満たされた、少年の言葉の誇り高いトーンが、じわりと胸に染み込んだ。

やがて少年は完全消滅した。

◇

呆然《ぼうぜん》と時間をやりすごした後、真一とアキラは我に返った。それから脱出のために、考えられることを順に試していった。

ケータイは当然のように圏外だったし、叫んで助けを求めても誰も現れなかった。ジャンプをしたり、よじ登ろうとしたり、肩車をしたりしたけど、どこにも辿《たど》り着かなかった。猛烈にぐるぐるダッシュをして、穴の壁に沿って螺旋状《らせんじょう》に駆け上がる、という漫画的なことすら試したが、まるで無理だった。

落ちた穴は実にシンプルなものだ。巨大な寸胴鍋《ずんどうなべ》のような、ストンとした垂直の壁が上まで続いている。一体、どうやったらこんなに綺麗《きれい》な穴を掘れるのだろう……。

最後に二人は、背中合わせに座って、互いに腕を組んだ。そのまま足を伸ばして穴の両壁に当て、突っ張り棒のように力を込めた。突っ張りながら、そのまま上へ歩くように登る——そのまま登る——とやってみたけどまるで無理だった。無理なんじゃないかと、最初から少し思っていた。

「……ムリゲーかよ」

背中合わせになって座ったまま、アキラはつぶやいた。

シッポを立てる、と祠のなかで誓って、二人は歩きだしたばかりだった。まだどこにも辿り着いていなかった。なのに、これじゃあ……。

ムリゲーなのかクソゲーなのかわからないけど、どっちにしても、ここからすぐに出る方法はなさそうだ。上ってだめなら……、と真一は考える。

「ひとつだけ、方法があるかも。逆転の発想で」

と、真一は言った。物理的に考えたら、それしか方法はないかもしれない。

「どうするんだ？」

「上るんじゃなくて、逆に掘るんだよ。壁を削ったりしながら、脇に土を盛っていく。そしたら、いつかは何とかなるところまで辿り着く……かも」

「ああ、なるほどな」

アキラはため息をつきながら、言った。

スコップやシャベルのない現状で、一体それにどれくらい時間がかかるのか、ということは、真一だって考えたくはなかった。

既に疲れ果てていた二人は、しばらくお互いの背中を感じながら黙った。ふう、と、真一は息を吐き、はあー、とアキラは息を吐く。

「……疲れたね」

「ああ」

アキラの持っていた懐中電灯が、穴の壁を頼りなく照らしだす。

「さっきの子、消えちゃったね」

「確かに、消えたな」

先ほどのできごとについて、アキラと話してはいなかった。今はとにかく穴を出るのが先決で、脱出してから話せばいいと思っていた。何より自分の目で見たことを、理性が信じようとしなかった。

「……変わってるね。いろんなことが、何だか」

「そうだな」

幼い頃、ときどき〝この世の全《すべ》ては作りもの〟という意識に囚《とら》われることがあった。自分は今、確かにここにいる。だけど自分以外のものは、母親も学校もクラスメイトも全て作りもので、自分は観察されている。だけど自分以外のものは、母親も学校もクラスメイトも全て作りもので、自分は観察されている。気まぐれな誰かが、自分を観察し続けている——。

あるいはこんなふうに思うこともあった。真一の目の前では、母親は母親らしく、先生は先生らしく、クラスメイトはクラスメイトらしくふるまっている。だけど彼らは、真一がいないとき、どこかに集まってモニターのようなもので観察している。真一がどういう行動をするのか、真一が何を感じるのか、彼らはこっそりと観察している。

そんなわけはない、とわかってはいても、頭の中と外の世界との境界が、時にあいまいになった。何年ぶりなのかはわからないけど、今の真一はそれに近い意識に囚われている。だって、さっきからおかしなことばかりだ。穴の底では時間さえも停滞しているような感じだし、男の子は昇天するみたいに消えたし、ハムスターはしゃべるし、夜はいきなり昼になった。だいたいここは本当に延生山なのだろうか……。そして……。

今、背中合わせに感じている存在は、本当にアキラなのだろうか……。アキラは目の前ではアキラらしくふるまっているけど、本当は……。

急激に不安になった真一は、息を長く吐いて、自分の考えをふり払おうとした。

「おれは、幽霊なんか信じねえ」

ゆっくりと声をだしたアキラは、真一と同じようなことを考えていたのかもしれない。

その声は静かだけどリアルだった。背中ごしに感じるアキラの声と存在は、圧倒的にリアルだ。この声の主が消えないと信じるに足る力強さが、確かにある。

「こうなったら、掘ってでも出ようぜ、真一」

「……うん、そうだね」

「その前におにぎり食うか？」

背中合わせの体勢を崩し、振り向いたアキラはやっぱりアキラだった。彼がふところから取りだしたおにぎりは、落ちた時の衝撃のせいか、ぺちゃんこにつぶれている。

「……これじゃあ、おにぎりせんべいだな」

アキラはおにぎりを二つ持ってきたようだった。つぶれていたけれど、アキラの祖母が握ったものだ、と、一目でわかった。だって真一は過去にそれを、見たことがあったから。

「おにぎりせんべいって、東京とかには売ってないんだぜ」

「そうなの？」

「信じられねえけどな。ま、幽霊よりは信じるけど」

笑ったアキラは、円盤形おにぎりを食べ始めた。並んで壁にもたれた二人は、無言でそれを食べ続ける。

美味《おい》しくて、泣きそうになる味だった。わかっていた。きっとアキラも同じことを思いだしている。

「お兄ちゃん、それってどうするの？」

「知らないのか？　おにぎりはこうやって食べるのが一番うまいんだよ。名付けて、おにぎりせんべい！」

「ちょっと、アキラ！　どうして、いきなりつぶすの⁉」

脳裏に浮かんだのは、幼い頃のある日の光景だ。あの日、アキラがつぶしたおにぎりは、とても美味しかった。だけど今は胸が苦しくて、おにぎりの味がわからなくなってしまう。

時間が止まったような穴の中で、真一とアキラは円盤形おにぎりを、むさぼり続ける。

食べ終えても、しばらく何もしゃべれなかった。

「……ねえ、アキラ」

返事はなかった。真一はうつむいたまま、ずっと言おうとしていた言葉を継ごうとする。

「あの……僕が……僕のせいで」

「なあ、真一」

突然トーンの変わった声に顔をあげた。気が付けば這《は》うような体勢になったアキラが、折りたたまれた紙を手にしている。

「なあ、こんなの、今まであったか？」

「そこにあったの？」

身を乗りだしてその紙を確認したけれど、全く見覚えがなかった。落ちてきたのかな？　と、アキラが上を見てつぶやく。

「なんか書いてあるぞ」

懐中電灯の光の下、紙を開いたアキラがつぶやいた。

「なんて？」

「……よくわかる……脱出のための……呪術《じゅじゅつ》」

「え⁉」

驚いた真一はアキラの隣から紙を覗き込んだ。そこには確かに『よくわかる　脱出のための呪術』と書いてある。というかそこには、『よくわかる　脱出のための呪術』というタイトルの四コママンガが描かれている。

「凄《すげ》え！　これは凄えぞ、真一」

「え、脱出の呪術って、これをすればいいってこと？　そんなわけないよね」

「いいや」

アキラは丸い空を見上げた。

「人が一人消えてるんだ。どんな不思議なことだって起こりうるだろ」

「いや、だけど、これをするってこと？」

「そりゃそうだろ。早くやるぞ、真一」

「ええ⁉」

戸惑う真一をよそに、アキラは大まじめだった。偶然なのか何なのか、マンガには背の高いキャラクターと、低いキャラクターがいて、それぞれ具体的に何をすればいいか描いてある。

早くしろ、もう覚えたか、などと言いながら、アキラが立ち上がった。頭に両手を載せたり、力こぶを作ったり、ぶつぶつ言いながらアキラは練習らしきことをする。

「いいか、お前もちゃんと覚えろよ」

「……う、うん」

「じゃあ、やるぞ。腹から声をだせよ」

「ねえ、ホントにやるの？」

「ああ。やるに決まってんだろ。早くしろよ。真一からだぞ」

しぶしぶ立ち上がった真一は、アキラの隣に並んで立った。

「んー……じゃあ、いくよ」

「おう！」

真一はやや前かがみの姿勢を取り、両手の人差し指でアキラを指差した。そしてやけくそ気味に声を張り上げた。

「ボーイズライフ！　想像を超えたグラフィティ！」

「三なまねこは四うみうし！　キャンドルボーイ！　パノラマガール！」

アキラは右に体を倒しながら、頭上に両腕でMを描くサルのポーズをした。

「助手席にてー、これが噂《うわさ》のッ」

真一はぐるぐるダンスを踊った。

「時代を先取るニューパワー！」

右腕で力こぶを作るポーズを、二人でびしっと揃《そろ》える。

「最後に、叫ぶぞ」

アキラがシャウトし、右拳《みぎこぶし》を天に突き上げた。その隣で真一はひざまずき、天に向かって逆ハの字に両腕を構えた。

——出《い》でよ！　シェンロン！

——我が生涯に一片の昇龍覇ッ‼

二人の声は穴のなかで爆発的に響いた。言葉の意味はよくわからないが、ともかく凄《すご》い自信だ。〝僕はここにいるよ〟。つまりそのとき二人は、淀《よど》んだ空気を吹き飛ばし、地球最後の愛を叫んだのだ。

「……」

だがしばらく待っても、何も変化はなかった。世界はただの屍《しかばね》のように返事をしない。

「ねえ……アキラ」

「なんだ？」

「これって……いつまでやればいいの？」

天に向かって逆ハの字に両腕を構えたまま、真一は問うた。

「わからん。何もわからん」

アキラは右拳を天に突き上げたまま答えた。

「あ⁉」

「何だ？」

そのとき天から何かがひょいと降ってきて、かさり、と地に落ちた。昇龍覇のポーズを解除したアキラが、素早くそれを拾い上げる。まじでか、と驚きながら、真一もそれを覗き込む。

落ちてきたのは携帯音楽プレイヤーだった。イヤホンジャックに差すタイプの小型スピーカーも、同時に落ちてきたみたいだ。

「これを聴けってことか？」

アキラが素早くプレイヤーのジャックにスピーカーを差し、再生ボタンを押した。数秒をおいて、軽快なギターリフが再生された。シンコペーションが連続する勢いのあるイントロダクションだ。
どういうことなのかわからなかったが、二人はしばらくその曲に聴きいった。

「永遠の呪文」

夢に似た海をただよい
寂しさから生まれた歌をかぞえた
キミが教えてくれた 道の先には きっと
輝く月の舟が 見える

星屑《ほしくず》の海をたどって
きらめきの空想《こたえ》を きっと
つかまえたい！

過去と現在《いま》だけじゃたりない ボクは
ひび割れたキミを 抱きしめていたくて

見えない傷《イタミ》に手《オモイ》をかさねて
〝優しい呪文〟を唱えて 少しだけ目を閉じる

退屈な夢をおよいで
愛《いと》しさから生まれた嘘《うそ》を抱きしめた
ボクらだけで育て 生まれた世界が そっと
繋《つな》がりはじめたよ キミと

果てない虚空《ソラ》を見つめて
はばたいていた現実《キミ》をずっと
抱きしめたい！

歩いてるだけじゃ足りない 今は
ひび割れたキミを 抱きしめていたくて
見えない傷《キボウ》に手《オモイ》をかさねて
〝優しい呪文〟を唱えて 今だけは微笑んで

見えない傷に手をかさねて
〝優しい呪文〟を唱えて！

「イツマデモ　アイシテル」

女性ボーカルのその曲が終わると、また穴のなかは静かになった。さっきから不思議なことばかりが起こるけど、今回もわけがわからない。

「なんなんだろ、これ」

「珠美《たまみ》の入場テーマソングだよ」

「え？」

真一は驚いてアキラの顔を見た。

「珠美センパイの……入場テーマソング？」

「そうだ」

そう言えば一昨日、「ロマンシング・キャプチュード」という、アキラの入場テーマソングを聴いた。

「あの、それって……どういう」

わたしを呼んだのは、汝《なんじ》らか？

突然聞こえた天の声に、二人は再び上を仰ぎ見た。丸い穴の出口が輝いているけど、それだけじゃなかった。光って見えるもの、あれは——。

「珠美《タマ》！」

「珠美センパイ！」

一瞬で感激した真一は声を張りあげた。凄い。こんな地の果てのようなところまで、珠美センパイが助けにきてくれた。涙がにじむほど、真一は感動していた。

「センパイ！　どうしてここがわかったんですか！」

「時の彼方より、わたしを呼ぶ声が聞こえたから、だが」

「え、じゃあ、やっぱり、さっきの呪術が？」

「そう。確かに届いたぞ。しかしこの世界はいいな。向こうとは違う」

穴の上で珠美センパイが空を見上げた。遠くてよく見えないけど、心なしか口の端がつり上がっているように見える。

「マナが濃い。魔力がみなぎってくるようだ。いまならこの世を滅ぼす大魔法でさえつかえそうだ」

「ええ⁉」

「なあ、そんなことより、ロープか何かねえか？」

ポケットに手を突っ込んだアキラが、珠美センパイの言葉をさえぎりながら、マイペースに要求した。

「残念だが、そんなものはない」

「じゃあ魔力で引き上げてくれよ」

「それには魔力が足りない」

「世界を滅ぼせそうなのに⁉」

裏返った声をだす真一の横で、ふー、とアキラが深いため息をついた。

「ため息をついてる場合じゃないぞ」

聞こえてきたのは清正くんの声だった。気付けば珠美センパイの隣から、ハムスターが顔をだしている。

「お前たち一体、何をやってるんだ。おれと珠美が来なかったら、これで冒険は終わりだったぞ」

「しょうがないだろ。落とし穴があるなんて、知らなかったんだから」

アキラは相変わらず、ハムスターと普通に会話した。

「知らなかったじゃ済まない。わかってるのか？　お前らだけが頼りなんだぞ」

「まあ、それはいい。それより真一、見事なぐるぐるダンスだったぞ」

「見てたの⁉」

声をあげる真一の隣で、またアキラがため息をついた。

「なあ、ロープがないなら、ツタかなんか探してきてくれよ。それと珠美《タマ》、飲み物があったらくれ」

「飲み物はない。だが、冷蔵庫とその所有者を召喚してやろう」

珠美センパイは、ぶつぶつと奇妙な呪文を唱え始めた。あ、あれが召喚呪文！　真一はたじろぎながら丸い世界を見上げる。

「……最終魔女とウサギのダンスだ」

丸い世界に見えている珠美センパイと清正くんが、まるで月に映《は》える魔女とウサギのように見えた。

「ん？　最終魔女ってなんだ？」

「いや、なんとなくだけど」

子どもの頃好きだった絵本のことを、真一は思いだした。珠美センパイと清正くんは、踊るような仕草を見せていたが、そのうち何かを叫び始めた。ちっ、とアキラが盛大に舌打ちし、足下の草を蹴《け》りあげる。

「何が？」

「くそ……あいつらバカにしやがって」

「え？　どうしたの？」

「よく見てみろ」

珠美センパイと清正くんは、力こぶを作るポーズを揃えていた。先取るパワーがどうとか言う声が聞こえてくる。

――出でよ！　シェンロン！

清正くんが両手を挙げて天を仰いだ。

――我が生涯に一片の昇龍覇ッッッ‼

珠美センパイが空を割らんとする勢いで、右拳を突き上げた。

「あ、あれは！」

「おちょくられてんだよ、おれたちは」

「でも……でももしかしたら、本当にあれで、召喚が……」

だけど丸い世界では、沈黙が流れるだけで何も起こらなかった。

「清正、シェンロンを呼ぶタイミングが、やや早すぎでは？」

珠美センパイが右手を降ろす。

「本当か？　ではもう一度やってみるか」

「了解した。ボーイズライフ！　想像を超えたグラフィ――」

「もういいよ！　お前ら！」

大声をだすアキラとは関係なく、二者のかけあいはすでに途切れていた。

「……清正、何か聞こえる。うちらの声が届いたようだ」

「そのようだな」

珠美センパイは清正くんを肩に乗せ、一仕事終えたウルトラマンのように深々と頷いた。

それからひざまずいて、低い声をだした。

「――冷蔵庫を、召喚完了」

珠美センパイが召喚したものが、丸い世界から顔をだした。

「何が召喚完了だヨ、たまたまだロー。それに冷蔵庫ってなんだヨ」

「磯山《いそやま》センパイ！」

真一はまた感激の声をだした。事態は混沌《こんとん》としていて、ややこしい行動をする珠美センパイのせいでさらに混沌としているが、これで都合、二人の先輩が助けに来てくれた。もうダメかと思ったけど、何とかなるかもしれない。

「やあ、真一クン。それにアキラ、そんなところで何してるんダイ？」

「そしてさらに、その所有者を、召喚完了」

珠美センパイがつぶやくと、磯山センパイの横から、妹の睦美《むつみ》ちゃんが顔をだした。

「真一センパイ！　そんなところで何してるんですか？」

「睦美ちゃんまで！」

「センパイ、そんなところに落ちちゃって……わたし……正直、わたし……笑っちゃいそうです！」

笑いを堪《こら》える睦美ちゃんに構わず、珠美センパイがまた落ち着いた声をだした。

「ついでにもう一人、ヒロインになりそこねようとしている、ちょっと残念な天然バカ娘、召喚完了」

ややおいて遥香《はるか》の声が聞こえてきた。

「センパーイ、天然バカ娘って何のことですか？　あれ、真一、どうしたの？　あ！　アキラセンパイ部長さんも！」

覗き込むように顔を見せた遥香のアキラの呼び方が錯綜《さくそう》していたけど、今そんなことはどうでもよかった。

「……遥香まで」

真一はあらためて驚いてしまった。これでこの場所にサバイ部全員が、集合したことになる。みんなどうやってここまで来たのだろう。

「ねえ、遥香、どうしてここに来たの？」っていうか、どうしてここがわかったの？」

「どうしてって、真一からメールが来たからだよ」

「え？」

真一にはメールを送った覚えなどなかった。

「ああ、それならおれだ。秘密基地でお前が倒れてるときにメールを打った」

と、清正くんが言った。

真一が慌ててスマートフォンを取りだして確認してみると、確かに遥香に宛《あ》てた見覚えのないメールがある。き、清正くんがメールを打ったのだろうか。

「そして磯山兄妹はうちらが召喚した」

「召喚ってなんだヨ。こっちにもタマちゃんからメールが来て、呼ばれたんダヨ」

磯山センパイが言い、睦美ちゃんが頷く。

「まあ、あちらの世界では、そうとも言うがな。あと安心しろ。部活動課外活動許可もとってきたぞ」

「部活動課外活動許可？」

「ああ、そうだ。これはサバイ部の課外活動にあたるだろう」

「そうなんですか！　じゃあ、また〝闘いと冒険〟ですね！　みなさん、頑張りましょう！」

遥香がマイペースにガッツポーズをつくる。

「……あのさ、遥香。みんなも」

真一は上に向かって声を張り上げた。

「あの、そんなことより、みんな、来たときは夜じゃなかった？」

「そうダナ。でも鳥居の前で昼になっタヨ」

磯山センパイの台詞《せりふ》に、遥香も、うん、うん、と頷く。

「……あの、それで……どうして驚かないの？」

「うーん、驚いたっていウカ、メールにそう書いてあったかラナ。途中で昼になるけど気にするなッテ」

「真一センパイ、わたしは少し驚いちゃいました！」

少ししか驚かない睦美ちゃんは、かつてうどんに火薬を練り込んで爆発騒ぎを起こしたことがある。

「ねえ、少ししか驚かないの？」

「ええ、少しです。メールに昼になるって書いてあったから、まあ、こんなもんなのかな、と思っちゃいました！」

「遥香は？」

「ね、ねえ真一、そんなことより真一、ねえ」

「どうしたの?」

「清正くん……が……さっき、しゃべったんだけど!」

「うん。しゃべってるね」

「うんって、ねえ、清正くんがしゃべってるんだよ⁉」

「そうだね」

「あー、もういい! お前らもういいだろ!」

アキラが怒鳴るように声をだした。

「おのおの言いたいことはあるだろう。だがまず、ロープか何かあるか?」

「ごめんなさい、部長。ロープは入れてないんです。ロープ以外のものなら、たいていあるんですけど。……USBメモリとか、ヘリウムガスとか、回転寿司《ずし》の皿とか、サバカレーとか、風船とか」

睦美ちゃんがとても申し訳なさそうに答えた。

「そうか、気にするな。じゃあまず飲み物をくれ。お茶がいいけどあるか?」

「はい、ありますよ。緑茶がいいですか? 紅茶もありますし、烏龍《ウーロン》茶と麦茶とそば茶もありますよ。あと十六茶とハト麦茶も」

「お前、やめロヨ、おれは冷蔵庫じゃないっていつも言ってろめろッテ、ヤメロ! そこはダメらまスパカゲロウ！」

あはははは！　と遥香が爆笑した。

「セ、センパイ、今、スパ？　スパカゲロウって言ったんですか？　あはははは！　スパカゲロウってなんですか？」

「どうぞーっ、緑茶でーす」

穴の上から降ってきた緑茶のペットボトルを、アキラがぱしん、と受け取った。

「じゃあ次に、ロープかツタか何かを、みんなで探してきてほしいんだが、その前に聞いてくれ」

ペットボトルの蓋《ふた》をあけたアキラは、一口、お茶を飲む。

「ここが昼になったのも、ハムスターがしゃべるのもいい。だけど一つだけ気をつけろ。さっき人が一人消えたんだ。見たよな、真一」

ペットボトルを真一に寄越しながら、アキラは言った。

「……うん」

真一は頷いた。さっきのは、見間違いや白昼夢ではなかった。真一とアキラの目の前で、一人の少年が空気と同化するように消えてしまったのだ。

「本当だよ。この落とし穴を掘って、僕らを落とした小学生が、いきなりすぅーって消えていったんだよ」

「それって、幽霊、とかなんですか?」

「いや、そんな感じじゃなかった。消える前までは、笑ったり、しゃべったりする普通の小学生だったんだ。手だって掴《つか》めた」

アキラの言葉に、丸い世界の四人が顔を見合わせた。

「部長アキラセンパイ、じゃあ、一体なんなんですか?」

「わからない。清正、何か知ってるか?」

「いや」

珠美センパイの肩に乗った清正くんが首を振る。

「説明しよう! と言いたいところだが、おれにはわからない。直《じか》に見ていたお前たちはどう思ったんだ?」

「あれは……本当に普通の男子だったんです」

真一は口を開いた。何故《なぜ》だか清正くんに敬語を使っていた。

「ただ消えただけじゃなく、何ていうか、運命っていうか……消えるべくして消えたような……でも僕らが穴に落ちなかったら、消えなかったんじゃないかって」

消える前、ありがとう、と、少年が言った気がした。少年の声の誇り高いトーンが、真一の胸に染み込んできた気がした。

「つまり、こちらの行動が、そいつの消滅に関《かか》わっている、ということか?」

「……はい」

「どっちにしても、これはマジなやつだ《セメント》」

全員に言い渡すような感じに、アキラが声をだした。

「ここは普通じゃない。さっきは落とし穴だけで済んだけど、この先、何が起きるかはわからない。ヘタしたら、おれらが消えたっておかしくない。よく考えてくれ」

「何が言いたいんだ？」

と、清正くんが問うた。

「自分の身は自分で守るしかないってことだ。それができないなら、無理しておれと真一に付き合う必要はない。今からでも戻ったほうがいい。ただの冒険じゃない。本当に何が起こるかわからないんだ」

見上げるアキラは真面目《まじめ》な顔をしていた。部員たちの間にしばらく静寂が流れる。

「……ふっ」

と、珠美センパイが笑った。

「そんな穴の底で何を言っているんだ、部長よ」

「本当だヨ、アキラ。ボクらが来なかっタラ、お茶すら飲めなかったんだゾ」

「そういうことじゃない。お前らまで、危険な目に遭わすわけにはいかないんだ」

「わたしを心配するのは十年早いぞ」

かがむように穴の下を覗き込んでいた珠美センパイが体を起こした。

「魔界の風が吹くこの世界、わたしの遊び場に相応《ふさわ》しい」

不敵な笑みを浮かべた珠美センパイが、丸い世界に立っている。その肩の上で、清正くんも、シッポを立てている。

「スパカゲロウってのは、飛ぶぞこのやロウ、って意味ダ。教室の日陰者の底ぢからヲ、今こそ見せてやロウ」

その隣で、同じく体を起こした磯山センパイのメガネが、ぴかーん、と光った。

両センパイが背中合わせでポーズを取っていた。その姿は何故だか、とてつもなく頼もしく見える。

「わたしは教室の日陰者じゃないですけど、でも、頑張ってアキラセンパイさんに付いていきます！　スパカゲロウです！」

また微妙にアキラの呼び方を錯綜させながら立ち上がった遥香が、両拳を胸の前で握った。

「わたしは今日も、お兄ちゃんを監視します！　スパカゲロウ！」

きりっと言いながら、睦美ちゃんも立ち上がる。

「それじゃあ、おのおの方、声を揃えて、せーっの！」

音頭を取る珠美センパイに合わせて、四人と一匹は右腕を上げげた。つられて真一も腕を上げる。

——我が生涯に一片の昇龍覇ッッッ‼

「それは、もういい！」

丸い世界に向かって吼《ほ》えるアキラに、真一は慌てて手を引っ込めた。

「ここに残るのはわかったから、みんなともかく気をつけろよ。何かおかしなことがあったら、まずは自分の身を守ることを考えるんだぞ」

「はい！　わかりました、アキラさんセンパイ！」

遥香は元気に声をだしたけれど、真一にはわからなかった。例えばさっきみたいな小学生が現れたら、自分はどうすればいいんだろう。

「アキラ、それはそうだけど、自分の身を守るって言ったって、みんなどうすればいいか……」

「結界なら創《つく》ってやれる。これを」

珠美センパイが部員に何かを配り始めた。よくは見えないけれど、小さくて透明なガラス瓶のようなものだ。

「珠美センパイ、これは何ですか？」

と、遥香が訊《き》いた。

「コルクの蓋を抜いて、中の粉を自分の周りに撒《ま》くんだ。そうすれば強力な結界になる。

およそ何にでも効くぞ。大抵のヤツは寄って来られないだろう」

「大抵のヤツって？」

「幽霊、悪霊、地縛霊、バブルスライム、不良、教師、別れた恋人、ニホンザル。おそらくホッキョクグマとか、ダース・ベイダーにも効くだろう」

「ダース・ベイダーにも⁉ 一体、なんなんですか？ この粉は」

「タンポポの茎と、干からびたトマトと、ホームセンターで買ってきた冷凍コオロギと乾燥アカミミズ、それからギンヤンマとクミン、コリアンダーを混ぜて三日三晩煮詰めた。それに百日干したトカゲのしっぽとヘビの抜け殻をすりつぶしたものを混ぜたものだ」

「………」

全員が絶句するなか、アキラが訊いた。

「おれのはないのか？」

「数が足りない。お前らは、これでいいだろ」

ぽい、と丸い世界から投げ込まれた何かを、アキラは、ぱし、ぱし、連続してキャッチする。続いて真一もそれを三つキャッチする。

「なあ、これはなんなんだ？」

「それは清正が拾ってきたドングリだ。お守りの代わりくらいにはなる」

「そうか」

何をどう納得したのかわからないけれど、アキラはそれをポケットに入れた。真一も首を捻りながら、三つのドングリをポケットに入れる。

「ともかくいいか。何か突然現れたら用心しろよ。関わらないのが一番だ」

――その通りよ。


いきなり、どこからか声が聞こえた。

「え⁉」

「今なんか聞こえた？」

一瞬にして凍り付いた部員たちが、辺りをきょろきょろと見回した。

「どうした⁉　誰かいるのか？」

「……いや、誰もいません」

怯《おび》えた表情で遥香が答えた。

「……来るぞ」

珠美センパイが低い声をだした。丸い世界の四人は、穴に背を向けて身構える。

「大丈夫か⁉　何かいるのか？　気をつけろよ！」

アキラが上に向かって叫んだ。

「ここよ」

いきなり心臓を鷲《わし》づかみされたような衝撃をうけ、真一は声もだせなかった。いつの間に現れたのか、目の前に一人の女が佇《たたず》んでいる。高校生くらいのその女子は、大きな瞳《ひとみ》でじっと真一を見つめてくる。長い黒髪の彼女は、濃紺を通り越した真っ黒なセーラー服を着ている。スカートがとても長い。

髪の毛が逆立つくらい驚いたということもあるが、声をだせなかったのは、それだけが理由ではなかった。その女子の視線に、真一はいきなり引き込まれていた。すぐ隣にいるアキラも声を失っている。

「あなたたちのためを思って言うの」

その女子の肌の白さが、黒い瞳を強調していた。

「このまま帰った方がいい。手遅れになる前に」

吸い込まれるような瞳に射すくめられ、真一は呼吸するのも忘れてしまっていた。その女子は今度はアキラの目をじっと見つめた。

「今ならまだ間に合うから言うの。いい？　あなたはわかっているはずよ。本当はあなただって、ちゃんと理解して、受け入れているはずなの。もうずっと前から、わかって、受け入れているはず」

吐息を混ぜたような気だるいしゃべり方だった。その言葉は、二人の頭の深いところに、染みいってくる。眠くなるような、また暗示にかかっていくような感じに、大切なこととそうでないことが、曖昧《あいまい》に溶けあっていく。

「ねえ、可哀想《かわいそう》だけど、あの子はもう亡くなった。本当はあなただってわかっているはず。忘れなさい。忘れることしか、あなたにできることはないのよ。今までだって、ずっとそうだったでしょ？　あなたは忘れていた。あの子だってそれを望んでいるわ」

核心へ迫ろうとする言葉が、胸の奥に届く前に、もやもやと甘く広がっていくようだ。

「元の世界に戻るのは、今しかない。もう一度あの祠の部屋に、あなたたちの秘密基地に、戻りなさい。入って出るだけでいい。それで全部忘れられる。あなたの痛みも、そしてあの子の痛みも、なかったことになるわ。いいでしょ？　そんなものはもともとなかったの。もともと何もなかったことなの」

彼女の言葉はとろけるように甘かった。

秘密基地にいたのは、ほんの少し前のことだ。記憶の底を舐《な》めるように、真一はそれを思いだしていた。不可逆な悲しみと、後悔と、痛みと、救いのない絶望的な断絶は、今も体の中に渦巻くように残っている。

「ねえ、このまま、ここを祠だと思ってもいいわ。ここでそのまま眠りなさい。一分だけでいいの。それで全て忘れられる」

彼女の言葉が、全ての悲しみを包むように染み込んできた。真一は次第に、とろん、とした気分になってくる。目を閉じたくないのに、忘れたくないのに、忘れてしまいたい誘惑が押しよせてくる。

「それでいいの。目を閉じるだけで。そうよ」

「……い、やだ」

アキラの震える声が聞こえた。

「ねえ、逆らわなくていいのよ。わかるでしょ？　もともと何もなかったの。忘れてしまえば楽になる」

「……いや、だ」

震えるアキラの声を聞きながら、真一の意識は混濁していった。

翠ちゃんの……こと……忘れてしまって……楽になることを……アキラは……拒否している……必死に……翠ちゃんのことを……忘れたくない……もう何も忘れたくない……って……僕だって……忘れたくないけど……でも忘れてしまえば……僕のせいで……亡くなったって……そんなことはなかったんだって……。

「逆らわないほうがいい。抵抗したって、苦しくなるだけよ。そう。ゆっくり目を閉じなさい。それだけでいいのよ」

いつの間にか、彼女はアキラの首筋に手を当てていた。

「それでいいの。これでもう誰も、苦しまずに済む」

何故そんなことをしたのかわからなかったけど、真一はアキラの服の袖《そで》を強く摑んでいた。そのとき真一は、アキラを護《まも》ろうとしたのかもしれない。

これが最後の力かもしれなかった。真一はそれを強く、固く、握りしめる。

「……僕が……覚えている」

墜《お》ちそうになる意識のなか、必死に言葉を紡いだ。

「……アキラが眠ったって、僕が覚えている」

「あなたには関係ないことよ、真一くん。わかる？　あなたには関係のないことなの」

なぜだか真一の名前を知っている彼女の甘い言葉が降り注いだ。……だけど、関係なくない。関係なくなんかなかった。

「僕は忘れない。……僕が覚えているってことは、〝僕ら〟が覚えているってことだ」

真一は最後の言葉を振り絞った。

「……その通り、だ」

遠くから沸きたつように、アキラの大声が聞こえた。

「おれも忘れねえ。もう二度と」

隣に立つアキラの声が聞こえた。

「翠のもとに行くんだ！」

アキラと彼女はしばらく睨みあった。アキラには真一がいて、真一にはアキラがいる。

二人でいれば、悲しみだって半分になる。

真一はアキラの服を握り続けた。それから流れた時間は数秒だったかもしれないし、数十秒だったかもしれない。やがて彼女がゆっくりと瞬きをすると、それとともに甘い圧力が解けていった。

「……残念。あなたたちのためにも。わたしたちのためにも」

彼女はアキラの首筋から、手を放した。

「わたしはヒトミ、よろしくね」

ヒトミと名乗った彼女が、うっすらと微笑んだ。

「……なあ、お前」

アキラのほうは強い視線を崩さなかった。

「何か知ってるなら教えてくれ。翠の声が聞こえたんだ。翠はここにいるのか？」

「その子は、亡くなったんでしょ？　だったらそれは聞き間違いよ」

「そんなはずはない。あれは翠の声だった」

「いいえ、きっと聞き間違いよ。そしてあなたたち、繰り返すけど、本当に引き返したほうがいいわ」

「質問がある」

穴の上から声が聞こえた。

「さっき、小学生男子が一人消えたらしいが、どういうことか？」

清正くんを肩に乗せた珠美センパイが、丸い世界で仁王立ちしていた。

上をちら、と見たヒトミが、ふっ、と笑った。

「このあたりにいる子は、みんなあんな感じよ」

「ええ、闇も希望も薄い。まだこのあたりだったら、なんとかなるかもしれないでしょうけど」

――しゃべりすぎだ、ヒトミ。

どこからか聞こえた低い声に、ヒトミが弾《はじ》けるように振り返った。その不気味な声は、遠くから届いたようにも、至近で囁《ささや》かれたようにも聞こえた。

――もういい。放《ほう》っておけ。

「はい」

その声にかしずくように、ヒトミは頷いた。

「真一！　アキラセンパイ！」

丸い世界から、遥香の叫ぶ声が聞こえた。

「……アキラ」

何が起きたかわからない真一はアキラを見やった。真一を振り返ったアキラも、驚愕《きょうがく》の表情をしている。今、目の前で起きたことが信じられなくて、二人は息を呑んで顔を見合わせる。

「……見てたか？」

「ううん」

「どういうことだ？」

「……わからない」

目の前にいたはずのヒトミが跡形もなく消えていた。さっきの男子とは違った。消えたという結果は一緒なのに、それは消滅ではなく、瞬間移動のようなものを思わせた。

# act.2 物語《ロマンス》が吠え始めている

体育座りをする真一の横で、アキラが寝転がっていた。二人の頭上には丸い世界だけが見える。

「……大丈夫かな、みんな」

「ああ。どっちにしても、おれらは、あいつらを信じるだけだ」

ロープかツタを探しにいった四人と一匹を、無力な二人は穴の底で待っていた。冷蔵庫の所有者にもらったお茶は、交代に飲んでいる間に、なくなってしまった。

「ヒトミさんは、どこから来て、どこに行ったんだろうね」

「……さあな」

何か大きなものに、自分たちが見張られ、試されている気がした。子どもの頃に囚《とら》われていた妄想のなかに、放《ほう》り込まれたような感じだ。

「なあ、真一」

「ん？」

「さっき、お前がいてくれなかったら、墜《お》ちていたかもしれない。ありがとな」

「だけど、おれはもう迷わない。この先に何があるのかわからないが」

よっ、と言ってアキラが体を起こした。

「おれは行くぞ！　〝闘いと冒険〟を全《まっと》うしてやる」

上に向かって放たれたアキラの決意が、丸い空に吸い込まれていく。

「僕も行くよ」

どんより曇った丸い空を、二人は見上げた。この不思議な世界が何であったとしても、引き返すわけにはいかなかった。この先にあるのが栄光や幸福でなく、闇《やみ》や絶望だったとしても引き返せない。だって二人は確かに、翠ちゃんの声を聞いたのだ。

「あれ、今、何か聞こえた？」

「……あいつらか？」

遠くみんなの声が聞こえた。何やらずいぶん、大勢が騒いでいるように聞こえる。立ち上がった二人が上を見ていると、やがてひょっこり遥香が顔をだした。その隣から、小学生くらいの男子が顔をだす。

「え、」

「どうした？　そいつ誰だ？」

アキラが身構えながら声をあげる。

「……ううん」

「大丈夫ですよ。この子たちにロープを借りたんです。今、磯山センパイたちが木に結んでます」

「……本当に大丈夫なのか？」

「はい、大丈夫です。仲良くなったんで」

真一とアキラは顔を見合わせた。

「どういうことだ？」

「わかんないけど……」

しばらくすると磯山センパイたちも丸い世界に顔をだした。サバイ部の四人がいて、その周りに何人かの小学生がいる。仲良くなったということだが、確かにその小学生たちが危害を及ぼすようには見えない。だけどどうしてこんな山のなかに、何人もの小学生がいるのだろう。

「ロープをおろスゾ。結び目もつけたヨー」

磯山センパイの緊張感のない声とともに、ロープが降ってきた。直径が一センチくらいの太いロープだ。真一たちが上りやすいように、ところどころ結び目がついている。

「上っていいのか？」

「大丈夫だヨ。早く上れヨ」

アキラはロープをぐいと引っ張って確認した。

「じゃあ、おれが先に行くぞ」

「……うん」

ロープを摑《つか》んだアキラが、結び目を握り、足で壁をつたいながら上っていった。最後はロープの結び目に足をかけ、穴のへりを這《は》い上がった。

「真一！　大丈夫だ。上がってこい」

真一は黙って頷《うなず》き、ロープに手をかけた。アキラがやったように壁を上り、最後はアキラに引っ張ってもらって、地面に出た。

「ようやく、全員集合だな」

にやり、と笑ったアキラに続いて、真一は四人とハイタッチしていった。その様子を小学生たちが黙って見守っている。男子が五人に、女子が二人いる。

「それで、お前らは、何なんだ？」

アキラが小学生たちに訊《き》いた。

「僕たちはただあっちで遊んでいて。あ、ロープ外さなきゃ」

小学生たちはロープを結んだ木のもとへ走っていった。

「……なあ、あいつら、大丈夫なのか？」

「特に不審な行動はなかった」

と、珠美センパイが言った。

「この先で、彼らが集まって遊んでたんダヨ。ロープを持ってないか聞いたラ、どこかから取ってきてくれたんダ」

「だけどあの子たち、なんでこんなところにいるんだろうね」

「そうか……」

「すいませーん！」

男子の一人が、こちらに戻ってきた。

「ロープの結び目が固すぎるので、外してくれませんか？」

「……ああ」

アキラを先頭に、サバイ部の六人は木のほうに近付いていった。穴に垂れ下がったロープは、十数メートルくらい先の木に、がっちりと結ばれていた。

「ずいぶんきつく結んだな」

「途中でほどけたらマズイって思ったから」

「そりゃそうだけど、これ固すぎるぞ」

アキラが小学生男子の一人と話しながら、爪《つめ》をたてて結び目をほどこうとした。だけど上手《うま》くいかないようだ。

「切っちまうか？　磯山《イソ》、なんか切るものはあるか？」

「ツメキリと葛《くず》きりならあルヨ、昨日までだったら間仕切りがあったケド」

「ツメキリと葛きりでロープは切れないでしょ」

「葛きりと間仕切りは、切るためのものではない」

ロープをほどこうとするアキラの手元を、サバイ部のメンバーがやいのやいのと騒ぎながら覗《のぞ》き込んだ。よほど固く結ばれているのか、ロープはちっともほどけそうにない。

あれ？

ふと顔をあげた真一は、声にならないつぶやきを漏らした。ついさっきまで一緒にいて、アキラと話していた男子がいつの間にかいなくなっている。

振り返ると男子たちは全員穴の辺りにいた。ロープを引き上げているのかな、と真一はぼんやり思う。

「あの、」

隣にいた女の子が真一を見上げ、話しかけてきた。サバイ部の輪の外側に、小学生の女の子が二人いる。

「結び目、固くしちゃってごめんなさい」

「いや、いいんだよ。そのうちきっと、外れるから」

女の子は、ちら、と確認するように穴のほうを見て、また真一を見上げた。

「ガールスカウトで習ったんです。絶対、外れない結び方を」

「絶対？」

「はい。たとえ暴れても、逃げられないです」

「暴れるって……なにが？」

「特に意味はありません。備えよ常に、です」

「備えよ、常に？」

　半歩前に出た彼女につられるように、真一はまたアキラの手元に目を戻した。アキラは無言のまま、ロープを相手に格闘している。

　何となく気になって、また振り返ってみると、穴のあたりにいた男子たちが消えていた。あれ、どうしたんだろう、と視線を彷徨《さまよ》わせると、五人の男子が横に並んでこそこそと走っていた。

「あれ？」

「あの！」

　男子たちに気をとられた真一の意識を引き戻すかのように、女の子が話しかけてきた。

「ぐるぐる巻くと、電気が生まれるんですか？」

「え？　ぐるぐる？」

「はい、コイルをぐるぐる巻くと、電気が生まれるって本当ですか？」

「う、うん。電磁誘導っていって、巻いたコイルの近くで磁石を動かすと電気が生まれるんだけど」

「へえー、凄《すご》いですね」

にっこりと笑う女の子の向こうで、五人組が横一線に並んで走っていった。あれは一体――。

「それって、どれくらい巻けばいいんですか？」

大きな声をだした女の子に、真一はまた向き直った。

「えっと、巻き数は多いほうがいいんだけど……」

へー、とにこやかに答えながら、女の子はゆっくりとその場にしゃがんだ。気付けばもう一人の女の子も、地面に這いつくばるような格好になっている。

「どうしたの？　あれ？　えっ！」

彼女たちの頭上を通過したロープが、真一の上腕のあたりに当たった。目の前を男子五人組が、猛烈な勢いで駆け抜けていく。

「ちょっと！　何」

異変を感じた真一が声をあげたが、時すでに遅かった。

「うおっ⁉」

「何だヨ！」

横一線になってダッシュする五人は、ロープを持ったまま木を中心に旋回した。運動会で小学生がやる、棒を持って走る集団競技のような感じで。

「なんだお前ら！　止まれ」

アキラが叫んだが、彼らの周回は続いた。特訓でもしてきたのか、見事に統制された動きだった。二周、三周、四周、五周——、と、サバイ部のメンバーは冗談みたいに、木の周りに縛りあげられていく。

「や、痛い！」

遥香が声をあげたが、彼らは全く頓着《とんじゃく》しなかった。最後はゆっくりと回り、その分力を込めているようだ。何重にも巻かれたロープが、真一の腕や腹にぎしりと食い込む。

「おい！　やめろ！」

精巧に練られた作戦を思わせる、周到な動きだった。彼らはやがて真一たちの後ろ側で、女の子たちと一緒にロープをくくり始める。

「大丈夫か⁉　遥香」

真一の隣で身動きがとれずにいるアキラが、反対側の遥香に声をかけた。

「はっ、はい！　なんとか。でも……センパイ部長さんとこんなに接近しているから……大丈夫っていうか……逆に……大丈夫じゃないっていうか……でも、でも！」

遥香はきっとくねくねと身をよじらせているのだろう。

「不覚だ。清正は隠れていろ」

反対の隣にいた珠美センパイが小声でつぶやいた。真一の体を伝って肩まで上った清正くんが、神妙に頷き、ささっ、とセンパイの懐に隠れる。穴から出たばかりだというのに、今度は全員が縄で拘束されてしまった。

「ちょっとお兄ちゃん、さっきから何かが当たってるんだけど！」

「お前が入れタ調味料のビンが、当たってるんダヨ」

磯山兄妹のしょうもない言い争いが聞こえた。

緊張感の全くない者もいたが、もしかしたらこれはさっきの穴よりタチが悪いかもしれない。だってこのまま放置されたら、助けが望めないぶん、どうすることもできないじゃないか。

「おい、お前ら！」

背後にいる小学生たちに向かって吼《ほ》えるように声をだしたアキラを、真一は「待って」と諌《いさ》めた。相手を怒らせたり、逆に怯《おび》えさせたりしても、状況は悪くなるばかりだ。

「アキラ、彼らとは僕が話すよ」

「……ん？　ああ」

頷いたアキラはそれから小さな声をだした。

「わかった。いざとなれば、何とか抜けだせる。ひとまず時間をかせいでくれ」

「うん。でもなるべく大人しくしててね」

「なるべく、な」

アキラの目的を思えば、小学生相手でも容赦したりしなそうだった。

「ねえ、」

と、ひとまず真一は背後に向かって声をだした。

「僕らは、暴れたりしないから、ほどけないほど固く結ばないでね」

返事はなかったが、一人の男子がゆっくりと回り込んできた。その後に続いて、ぞろぞろと小学生たちが集まってくる。背格好からすると全員小学三年生か四年生くらいの感じだ。

「あのさ、君たち、これはどういうことなの?」

なるべく柔らかな声で問うた。隣でアキラが、ぐっと力を入れてロープを抜けようとしている。

「怒ったりしないから、せめて君たちの目的だけでも教えてくれないかな?」

明るい声で問う真一のもとに、一人の男子がつかつかと近寄ってきた。彼は首から紐《ひも》でぶら下げたカードを、真一の目前に差しだした。

「ハンコください」

どういうことだ、と、サバイ部一同の視線が、その空色のカードに集まった。

カードにはマス目があって、よく見ると七月後半と八月のカレンダーになっている。

『出』という青文字のハンコが、日付の欄に押してある。出出出出出出出出、と見事にマス目は埋まっているけど、八月のお盆のあたりの二日間だけハンコがなかった。

「ハンコください」

カードをつきだしたまま、男の子は繰り返した。真一は男の子の顔を見て、それからまたカードに視線を落とす。カードには『ラジオ体操カード』と書かれてある。マクドナルドのキャラクターが描いてあって、ハンコを集めてポテトをもらおう、というようなことが書いてある。

「ここにハンコを押せばいいってことかな？」

「うん、押したら、ほどいてやる」

「そっか……わかったけど」

頭をフル回転させながら、真一は何気ないトーンで頷いた。

ハンコと言われても、もちろん『出』のハンコなんて持っているわけがなかった。サインや拇印《ぼいん》なら何とかなるし、磯山冷蔵庫のなかに、何かハンコの代わりになるようなものがあるかもしれない。だけど対応を少しでも間違えて、このまま放置されてしまうなんてことは避けなければならない。

「押すのはいいんだけどさ」

真一はゆっくりと言葉を継いだ。サバイ部の一同がじっと、真一と男の子のやりとりを見守っている。

「でも、どうして？　どうしてこの二日間だけ、ラジオ体操に出なかったの？」

「出ましたー」

敬語でしゃべる男の子だったが、表情はふてくされていた。

「この日は、ばあちゃんの家に行ってたんだけど、ちゃんと朝起きて、そっちのラジオ体操に参加しましたー」

「そっちで、ハンコをもらわなかったの？」

「それは、カードを持っていくのを、忘れて」

「本当に？」

「嘘《うそ》じゃないよ！」

訴えかけるような少年の表情が、それが嘘ではないと真一に告げていた。だけど小学生男子は時に本気で嘘をつき、本気で芝居をし、嘘がバレたときには本気で泣く。

「うん、嘘じゃないとは思うけど」

「ハンコください」

男の子がさらに迫ってきた。どうしてそこまでハンコにこだわるのか、真一にはわからなかった。

「あのね、じゃあハンコを準備するから、ちょっとほどいてくれないかな？」

「ダメだ。ハンコが先。絶対！」

少年が断固として言い放った。

「んー、けど、今はちょっと……」

「ハンコないの？」

「いや、ないっていうか、ちょっと待ってね」

真一は磯山センパイのほうを見やった。

「センパイ、ちなみにハンコはありますか？」

「『喝！』のハンコならあるヨ」

「そんなんじゃなくて、『出』のハンコ！」

少年は怒りの表情を見せ始めた。

「いや、あのね、今はないけど、ほどいてくれたら、どこかで何とかしてくるよ。もしポテトが欲しいんだったら、それも用意できるし」

「ポテトが欲しいんじゃない！　ポテトなんて、ポテトの問題じゃない！　もういい！」

少年は、ちっ、と舌打ちしながら地面を蹴《け》った。

「ちょっと待ってよ！　僕が山を下りてハンコもらってきてあげるから！」

踵《きびす》を返した少年は、これっぽっちも振り返らなかった。代わりに他の男の子が近寄ってきた。

「ねえねえ、スーパーカーカード持ってない？　ランボルギーニ・イオタだけ、手に入らないんだけど」

「ランボルギー？　イオタ？」

「イオタ知らないの？　最高時速３１０㎞、世界に一台しかない幻の車」

「幻のミュウのカードならあるケド。それでいいカ？」

「ミュウ？　何それ、ミウラじゃなくて？」

「ミュウも知らないのカ？　じゃあ特別に君にあげヨウ。だからほどいてクレ」

磯山センパイは睦美ちゃんに向かって体を捻《ひね》った。

「下から二段目の右の、一番奥ダ」

「どこ？　ここ？　それともここ？　ここでいいの？」

「そうそこ……って、ちがう行きすぎ、そこだピカッチ！」

「あったあった。はい、これ」

ロープの下で腕を曲げて取りだしたカードを、睦美ちゃんが指で弾《はじ》くようにして男の子の前に飛ばした。

「なにこの白いの。要らない」

拾い上げたカードを見て、男の子は、ふん、と鼻で笑った。

「要らなくないダロ。幻の１５１体目のポケモンだゾ、持ってるヤツはほとんどいナインダゾ」

「ぽけもん？　なんだそれ？」

「どうしてポケモンを知らないんだヨ。モンスターボールに入ってるモンスターだヨ、ポ、ケ、モ、ン」

「カプセル怪獣のこと？」

「多分、違ウ」

　要らないと言いながらも、男の子はカードを食い入るように見つめていた。ポケモンなんて知らないし要らないけど、興味は捨てきれない、という様子だ。男子には時に、抗《あらが》えない何かがある。のかもしれない。

　立ち尽くす男の子の後ろから、他の子どもたちも迫ってきた。

「……ねえ、アキラ、まだ抜けられない？」

　真一は小声で訊いた。

「まだだ。ちょっと厳しい」

　やがてサバイ部を取り囲んだ小学生七人が、それぞれ勝手にしゃべり始めた。

「ハンコはいいから、やっぱりじゃあ、せめてポテトをくれ」

「ファイアのBで３００点取りたいんだ。Aはもう満点取れるんだ」

「ヨーヨーチャンピオンと握手したい。この前、会えなかったから」

「イオタじゃなくて、ロータスヨーロッパでもいいよ」

「なくした消しゴムを探しているんです。好きな子の名前が書いてあるのに」

「ゴム跳びの五段ができるようになりたいです」

「真空ハリケーン撃ちを見せてくれよ！」

彼らが何を主張しているのか、全くよくわからなかった。全員が一斉にしゃべるから、というのもあったが、それだけではない。

「オクトパスなら999点取ったよ」

「犬の散歩から、犬に嚙《か》まれた、もできるようになったし」

「おれ、名古屋撃ちができるぞ！」

彼らの発するワードは、聞いたことのない謎《なぞ》ワードばかりだ。

「ちょっと待て。無理だ！」

アキラが声をあげた。

「知らないんだ！　イオタも、名古屋撃ちも、犬に嚙まれろも知らねえし！」

騒いでいた小学生が急に静まりかえった。じっとこちらを見る彼らの表情には、明らかな落胆と侮蔑《ぶべつ》が入り交じっている。

「……じゃあ、もういいよ。……おれたちは行くから」

ラジオ体操のカードの子が言った。それをきっかけに、子どもたちはぞろぞろと引き上げかけた。

「ちょっと待て！　ロープをほどいていけよ」

「やだね。お前ら結局、何もできなかったし」

「ミュウのカードをやっただロ！」

「ねえ、ちょっと待ってよ。ほどいてくれたらさ、僕らもできるだけのことはするから。もちろん怒ったりもしないし」

真一はあくまでも穏やかに話しかけた。何としても彼らをこの場に引き止めて、考えを変えてもらうしかないのだ。

「カードとかハンコも、戻って探せばあると思うから」

「無理だよ。だいたいなんなの？　イオタも名古屋撃ちも知らないって。っていうかお前ら、なんなの？　誰？」

「おれたちは、サバイ部だ」

アキラの台詞《せりふ》に、ぷっ、とラジオ体操が吹きだし、うはははは、とイオタが笑った。

「サバ、イブ？　何それ、だっせえ名前」

「ださくないだろ！」

アキラが怒鳴った。

「おい真一、こいつらに教えてやれ。サバイ部の名の由来を！」

「え……？」

驚いた真一だったが、コンマ数秒で〝即興物語《インプロビゼーション・ロマンス》〟のスイッチを入れた。

「サバイ部の名前はね、僕らにとっては大切な名前なんだ。実は今年の春休みまで、サバイ部はまだ名無しだったんだけど……」

彼らを惹《ひ》きつけ、彼らを引き止め、彼らの思いを変えられるような物語——。真一は物語の全貌《ぜんぼう》を一気に捉《とら》えようとする。

「その頃、サバイ部のメンバーはまだ四人だった。四人は、世界を旅したアメリの人形に、影響を受けたんだ。四人はランダムに旅に出た。東へ、西へ、南へ、北へ。珠美センパイは、サウジアラビアに行った。睦美ちゃんは、バンクーバーに。アキラは、イングランド。磯山センパイは、ブックオフに。行った場所の頭文字を集めて付けた名前がサバイ部だよ。

そんな名前がださいなんて、絶対にあるわけない」

特にこれと言った反応も見せず、小学生たちはきょとんとしていた。

「いや、真一……それは……」

「それはちょっとないぞ、後輩よ」

「どうしてボクだけブックオフなんだヨ」

身内からのダメだしが飛んできた。

「いや。話は最後まで聞いてほしい」

物語のクラッチを踏み、繋《つな》げ、また踏み、繋げた。即興物語のギアは1速から5速にシフトアップされていく。

「そんな噂《うわさ》が生徒の間ではまことしやかに語られているけれど、そんなのはあくまで噂なんだ。というよりそれは、むしろサバイ部があえて発信した噂といってもいい。だって本当の話は、気軽に話すわけにはいかないから」

真一は大きく息を吸い込み、小学生たちを見渡した。

「君たちだから、話すんだ。だから絶対に内緒にしてほしい。いいかな？」

別にいいけど、という感じに、ランボルギーニ・イオタが小さく頷いた。

「昔……伝説のヤンキーがいたんだ。キョウコさん。ニノミヤキョウコって名だった。脇坂峠のRZ350《ナナハンキラー》っていえば、当時は誰だって知ってた。音速の四天王の一人、公道最速の女、韋駄天《いだてん》キョウコさんのことだってね」

サバイ部の初代部長は二宮響子《にのみやきょうこ》先生だったという話を、真一は物語の入り口に定めた。

「峠を駆け抜けるRZ350《ナナハンキラー》のテールは誰も捉えられなかった。普通の走り屋と彼女では、棲息《せいそく》速度域が違うんだ。パールホワイトの車体は風のように疾走《はし》る。ドライブしているカップルから見たら、旋風《かぜ》が吹いた、くらいにしか彼女の疾走りは捉えられないだろうね。音速の四天王といっても、他の三人とはレベルが違ったし」

子どもたちは不思議そうな顔をして、真一の声に耳を傾けていた。

「キョウコさんは誰ともつるまなかった。つるめなかった、と言い換えてもいい。だって彼女の速度域には、誰も入ってこられないんだ。この街で最速の彼女は、この街で一番孤独だったのかもしれないな。でもたった一人だけ、その速度域に踏み込もうとする者が現れたんだ」

　固まった空気が、少しだけ動いた。物語のシッポは大きく揺れ始める。

「暴走族、弾外露衆《ダンゲロス》の親衛隊長だったシュンジくん。彼はある日、偶然、キョウコさんの走りを見たんだ。衝撃だった。こんなにしなやかで美しいモノを、彼は〝初めて見た〟と思った。彼はキョウコさんの速度《スピード》に取り憑《つ》かれたのかもしれない。いや、それよりシュンジくんは、最初からキョウコさん自身に首ったけだったのかもしれないな。シュンジくんは深紅のBN400HM《バーニング・ハンマー》を組み上げ、毎晩、脇坂峠に出没するようになった。キョウコさんをつけ回し、走りのラインを盗み、だけどすぐにぶっちぎられた。でもシュンジくんは諦《あきら》めなかった。膝《ひざ》をすり、何度もコケながら、練習を繰り返した。彼女を抜くには至らなくても、彼女の後ろに付いていきたかった。彼女の棲《す》む速度域へ――。彼女の棲むセカイへ――。キョウコさんの背中《こどく》を見つめながら、キョウコさんの背中《そんざい》を守りたかった。そして彼女と一緒に、スピードの向こう側を感じたかったんだ。

それから一年と少しが経《た》った頃だ。シュンジくんのバーニング・ハンマーは初めて、峠道の入り口から出口まで、キョウコさんに付いていくことができた。峠を下りきると、キョウコさんはテールランプを五回点《つ》けて、また風のように去っていった。

それから毎日、彼らは二人だけの速度域《セカイ》で遊ぶようになった。まるで仲の良い姉弟みたいな、あるいは、双子星のようだった。きっと二人は、どんな恋人にも感じることのできない、絆《きずな》を感じていたのかもしれないな」

淀《よど》みなく話す真一は今、二人のランデブーを、リアルに感じていた。

峠のてっぺんでバイクを止め、キョウコさんとシュンジくんは初めてお互いの顔を見たんだ。ヘルメットを外したキョウコさんは、シュンジくんの想像したとおりとてもきれいだった。

――おれと付き合ってくれ。

シュンジくんはその場でキョウコさんに、交際を申し込んだんだ。だけどキョウコさんは言った。

――族《ゾク》はキライだよ。

キョウコさんは生粋の走り屋だった。スピードの向こう側に取り憑かれていたけれど、くだらない族の抗争には関《かか》わりたくなかった。ましてやシュンジくんのいた弾外露衆なんていうのは、戦闘と破壊で名を上げた武闘派のチームだった。

——お前が望むなら、不良《ツッパリ》もやめる。

シュンジくんは本気だった。ずっと闘いに明けくれた彼は、傷だらけだった。だけど優しさだけは捨てずに生きてきた。彼の青春にブレーキはなかったけれど、その愛だけは本物だった。

シュンジくんの眼差《まなざ》しに、本気と誠実さを見たキョウコさんは、頷いたんだ。再びそこで会うことを約束し、二人はキスを交わした」

真一は一度目を閉じ、ゆっくりと開いた。ときどきこんな感覚になることがあった。自分が考え、語っているというより、何かに取り憑かれたような感じ。自分が語っているというより、物語そのものが語っているような感覚——。

「翌日、シュンジくんには果たさなければならない約束があった。シュンジくんがずっと世話になっていた六代目総長の引退式があったんだ。その式を仕切り、無事終わらせてケジメをつけ、シュンジくんは族を抜けるつもりでいた。

だけどその日、弾外露衆の六代目総長に恨みを持ったチームが、罠を仕掛けていたんだ。停車中の単車に細工をする、という卑劣な罠だ。あんなことになるとは、誰も思わなかった。細工したやつらだって、あそこまでのことが起こるとは想像していなかったかもしれない。だけどそれは、起きてしまったんだ。

血塗られた日曜《ブラッディ・サンデー》として、近隣の不良に今も語られる悲劇だ。

何十台ものバイクを引き連れ、シュンジくんが国道を流している最中だった。突然、シュンジくんのバーニング・ハンマーが火を噴き、横倒しになった。国道は大変な騒ぎになった。彼の救出が必死で試みられたが無駄に終わった。本当にあっけなかったんだ。シュンジくんの命は、閃光《せんこう》のように、その日、あっけなく散ってしまった……」

小学生たちは身じろぎ一つせず、真一の紡ぐ物語に聞き入っていた。

「それから近隣の族は、大混乱した。それぞれが疑心暗鬼に陥った。一体誰がこんな卑劣な罠を仕掛けた？　一体誰が首謀者なんだ？

族狩りや裏切りの噂が流れ、彼らは敵対するチームを襲撃したり、仲間をつるし上げたりした。抗争やリンチ。まさに地獄絵図だった。そんなとき、深い深い哀《かな》しみの奥底から、キョウコさんが立ち上がったんだ。

キョウコさんはチーム〝娑婆威婆亜《サバイバー》〟の結成を宣言した。自分がそのチームの初代総長を名乗ったんだ。キョウコさんは族が大嫌いだったし、自分のチームを持つことなんて考えたこともなかった。だけどこの混乱に終止符を打つために、覚悟を決めて、族の世界に足を踏み入れた。近隣の不良をまとめあげて、悲惨な抗争を収束させようとしたんだ。

公道最速伝説を持つキョウコさんのもとに、まずは音速の四天王の残り三人が集まった。それはつまり、彼らが束ねる三つの巨大な族も、〝娑婆威婆亜〟の傘下に入ったってことだ。それから他のチームも続々と、〝娑婆威婆亜〟のもとに集まってきた。やがてキョウコさんは、近隣の、つまり東海地方の不良を、一つにまとめあげたんだ。

娑婆威婆亜は、バーニング・ハンマーに細工をした犯人を突き止め、ケジメをとらせ、だけど最後には赦《ゆる》した。復讐するのはシュンジくんの遺志じゃない、と信じたから。シュンジくんの遺志は、別にあると信じたから。

キョウコさんは宣言した。娑婆威婆亜はケンカのチームじゃない。あくまで走りを追求するチームだと。

チームはシュンジくんの魂を、追悼走で送った。今でも語り継がれる、伝説の夜だ。近隣の全不良が集まり、警察ですら道を空けてくれたという。

あれは奇蹟の光景だった。バラバラでギザギザだった不良たちの心が、その日、初めて一つにまとまったんだ。それがシュンジくんの見たかったはずの光景だと、キョウコさんは信じたんだ。

やがて〝娑婆威婆亜〟の高校内での居場所を作るため、キョウコさんはサバイ部を創った。娑婆威婆亜部なんて、学校の許可がおりるわけはないからね。サバイ部。僕は良い名前だと思うよ。ねえ、みんなは知ってる？　サバイバーってどんな意味だと思う？」

真一はその〝問い〟で、物語を終えようとした。

「サバイバーってのは、〝生き残った者たち〟って意味だよ。シュンジくんを失った、キョウコさんは、誰よりも悲しかったと思うんだ。でも彼女は、深い深い悲しみの淵《ふち》から、立ち上がった。〝婆婆威婆亜〟の名のもとに。そうしてできたサバイ部なんだ。僕はその名前を、〝誇り〟に思うよ」

物語はその場にいる全員を呑《の》み込み、語り手である真一をも呑み込んでいた。

生き残った者たち。生き残ってしまった者たち——。

サバイバーズ・ギルトという言葉を、真一は思いだす。

それは事件や事故や戦争や犯罪から奇跡的に生還した人が、周りが亡くなったにも拘《かかわ》らず自分が生き残ってしまったことに感じる、罪悪感のことだ。

サバイバーズ・ギルト。

自分が生き残ってしまったことに感じる罪悪感——。

「先生に……、そんなつらい過去が……」

泣きそうな遥香の声が聞こえた。

「わたし、泣いちゃいそうです！」

睦美ちゃんが泣き声で言った。

「そうだな、つらすぎるよな」

アキラや珠美センパイまでもが、うんうん、と頷く。

「先生は、もしかしたら……、今でもシュンジさんのことを……」

「きっとそうです。今でもシュンジさんのことを思っているから、いつもあんなふうに
──」

「あの、いや、ちょっとみんな、あの」

真一が慌てていると、明後日《あさって》の方角から気だるげな声が聞こえた。

「驚いたな。おおむね合っているじゃないか」

顔をあげたサバイ部の面々は、それぞれ驚きの声をあげた。

「せ、先生！」

「二宮先生、どうしてここが！」

小学生の後ろで軽く脚を開いて立った二宮響子先生が、ふー、と細く煙草《タバコ》の煙を吐いた。

二宮先生は、ずっとここで真一の話を聞いていたのだろうか。

「そこの新入生、名前は何と言ったか？」

二宮先生の射すくめるような視線が、真一を貫いた。

「……川瀬《かわせ》です。川瀬真一」

「そうか。おいおい覚える」

煙草を吸い続ける先生の姿を、そこにいる全員が、あっけにとられて見守っていた。先

生はゆっくりと言葉を継いだ。

「お前の話は、ほぼ合っていたが、シュンジの機体は真紅のCB400F《ヨンフォア》だ。バーニング・ハンマーなんていう単車はない」

「……す、すいません」

　真一は思わず謝っていた。だけど、だけど、だけど……！　ほぼ合っているというのは、どういうことなのか。バイクの名前以外は、事実と合致しているなんて……そんなことがあるのだろうか……。

「サバイバーズ・ギルト、なのか。シュンジのことはともかく、わたしがこの場所に、特別な何かを感じるのは、そのせいなのかもしれないな」

　どんよりとした空を見上げた先生が、この世界の粒子《コロン》を嗅《か》ぐ仕草を見せた。

「あ、あの、先生」

　遥香が声をだした。

「……先生はどうして、ここに来たんですか？」

「ん？　ああ」

　再びこちらを向いた先生は、気だるそうな表情をしていた。縛られている真一たちはもちろん動けないのだけれど、小学生たちも、ぽかん、と先生の挙動を見つめたまま、一歩も動かなかった。

「この前の焚《た》き火《び》のときと同じだ。課外活動申請書が届いたからには、顧問として見届けねばならない。今回は場所も書いてあった」

「……申請書？」

先生は優雅な仕草で一枚の紙を取りだし、ぱらり、と開いた。紙は再び、ポケットにしまわれる。

「うちがファックスしておいた、課外活動申請書だ」

珠美センパイが、ぼそ、と言った。

「そっか。それで助けに来てくれたんだ」

「ありがとうございます！　先生」

「悟空《ごくう》が間に合ったときノ、Z戦士の気持ちがわかっタヨ」

様々なつぶやきをもらすサバイ部の輪の外側で、小学生男子たちが騒ぎ始めていた。

「おい、やばいぞ、これ。どうする？」

「アレを使うか？　最後の手段だ！　やるぞ」

「まじでやるの？　大丈夫？」

——静《トリ》ま《コ》れ、《・》男《ジカ》子《ケ》！

その声が聞こえたような気もしたし、何も聞こえなかったかもしれない。だが、どちらにしても二宮先生の放つとてつもない圧力が、騒いでいた小学生たちを静まりかえらせた。サバイ部の面々も、息を呑むような感じで、美しい女教師の挙動を見つめる。

「お前は、戦士の気持ちがわかった、と言ったのか？」

先生の視線が、磯山センパイを冷たく見下ろした。

「小学生に縛りあげられたお前らが、Z？　Zだか何だか知らないが、戦士なのか？」

ふふん、と笑った二宮先生は、真一たちの縛られている木に向かって、ゆっくりと歩を進めた。預言者の往《ゆ》く先で海が割れるように、小学生たちがばらばらと道をあける。

「わたしは見届けに来ただけで、お前らを助けにきたわけではない。民事不介入だ」

進んできた先生は、アキラの目前で静かに足を止めた。

「それでいいな？　高坂《こうさか》アキラ」

半径二十メートルの世界の全《すべ》てに、染みいるような声だった。

「伝えていなかったが……お前は、第十二代、娑婆威婆亜の総長ということになる。戻ったら、峠の攻め方を教えてやる」

メデューサの瞳《ひとみ》に魅入られたように、アキラは凍結していた。

「いいか、総長。お前はお前の思うように、熱く生きてみせろ」

先生の右手がアキラの左頬《ほお》に、そっと添えられる。

「そして仲間とともに必ず生還《サバイヴ》することが、お前の背負った宿命だ」

若かりし娑婆威婆亜の総長、キョウコさんの姿が、二宮先生に重なって見えた。

「仲間を失うことほど、つらいことはないからな」

ゆっくりと、そして静かに、アキラの頬から先生の手が離れる。

「わかったか？　総長」

「……ああ、わかった」

アキラは身じろぎ一つせずに返事をした。

「よし」

優雅な蝶《ちょう》が回転するように、先生はくるり、とこちらに背を向けた。そのとき、がんばれよ、と小さなつぶやきが聞こえたような気がした。

「それで、お前たちはどうしたんだ？　大したものだな。高校生の集団を封じたんだ。お前たちのほうが、こいつらよりも見所があるかもな」

先生の背中が、さっきまでとはまるで違うオーラを纏《まと》っていて、真一は驚いていた。迷う者なら、慕わずにはいられないだろう。周りの者を包み込むような温かくて優しげな部屋が、その空間に出現したみたいだ。

「あの！　僕、あの」

「ん、どうしたんだ」

「あの、僕、二回だけカードを忘れちゃって」

さっきのラジオ体操の男の子が口火を切った。出席カードをかざし、おばあちゃんの家に行っていたとか何とか、さっきと同じような説明を始める。

「そうか。うん、うん。せっかく行ったのに、カードを忘れたのか、うん」

先生は前屈《まえかが》みになって、男子の話を聞いてやっている。

「ああ、そうか。このカードだけを見たら、お前がラジオ体操に出たのかどうか、他の人にはわからないんだな。だけどわたしにはわかるぞ。お前の目を見ればわかる。よく頑張ったな、皆勤賞だ」

先生に頭を撫《な》でられた男の子が、嬉《うれ》しそうな表情をした。

「お前はよく頑張ったんだ。続いているハンコが途切れたのは残念だけど、それはまあ、お前が忘れちゃったから、しょうがないことでもある。わかるだろ？　だけどお前が頑張ったことは、絶対に消えないんだ」

男の子は、うん、と頷いたあと、泣きそうな表情になった。

「『出』のハンコはないけどな、よかったら、わたしがサインをしてやろう。それをお前の先生に見せればいい。もし疑う者が一人でもいたらな、わたしが駆けつけてすぐに叩《たた》きつぶしてやる。どうだ？　それでいいか？」

「うん！」

素直に喜ぶハンコ少年の後ろから、今度はランボルギーニ・イオタ少年が早口で話し始めた。

「ん？　イオタか？　ああ、うん、うん。イオタは貴重だからな。うんうん、そうだ。知ってるか？　あれはもともとレース用の実験車として、世界で一台だけ作られた特別な車なんだ。走行テスト中に大破してしまったから、本当に幻のスーパーカーだな。ああ、そうだ。うん、うん。だけどお前はカウンタックのカードを、五枚も持っているのか。凄いじゃないか」

嬉しそうに話を聞く男子の頭を、先生は撫でた。

「さっきあいつの話で聞いただろう。わたしの乗っていたＲＺ３５０《ナナハンキラー》だって、もうこの世にないんだ。いいか？　バイクは２ｓｔ《ツースト》がいい。４ｓｔ《フォースト》とは加速が違うからな。３５０ccなのに４ｓｔの７５０《ナナハン》ccより速いから、ナナハンキラーっていう異名なんだぞ。だけど、２ｓｔのバイクは燃費が悪くてオイルも喰《く》うから、もう製造されてないんだ。寂しいけれどな」

二宮先生が懐から取りだした写真を、男の子が覗き込んだ。

「これがナナハンキラーだ。スーパーカーもいいけど、二輪もいいだろう。この写真と、お前のカウンタックのカードを交換してくれないか」

「ホントに⁉」

　男の子は飛び上がらんばかりに喜んでいた。

　衝撃的だった。先生が小学生を次々に手なずけていく姿も凄いけど、真一の物語と先生の過去がリンクしている（らしい）ことに驚き過ぎて声がでなかった。

「ファイアのBで300点は、わたしでも取ったことがないぞ。それよりヘルメットはやってみたのか？　オクトパスは持っているのか？」

　また別の男子の相手をする先生を、魔法を目撃しているような気分で真一は眺めた。真一の隣では、アキラが清正くんと何か話をしている。

「先生……わたし、好きな子の名前を書いた消しゴムをなくしちゃったんです」

「それは最後まで使いきれそうなのか？」

「はい。あと少しだったんです」

　磯山センパイのもとに走った清正くんが、六徳ナイフを持ってアキラのもとに戻っていった。アキラはそれを使って、ロープを切りにかかった。

「そうか。見つかるといいけどな。ユカタンのおまじないは試したか？」

「ユカタン？」

「ああ。どんな探し物でも必ず見つかる最終呪文《じゅもん》だ。ユカタンユカタン、カニカニユカタンっていうんだが……教えてほしいか？」

「うん！　どんなのですか？」

カニのポーズを先生から教わる女子小学生を見つめていると、突然、腕に食い込んでいたロープの圧力が消えた。あっ、と声をあげた真一に続き、縛られた他のみんなも自由になったようだ。

「探したいモノを逆さに読んでみろ」

「えーっと、消しゴム、ムゴ、ムゴシケ、ムゴシケだから――」

ユカタンの呪文を唱える小学生をよそに、解き放たれた真一たちは木から離れた。腕をさすったり、伸びをしたりしながら、めいめいに体をほぐす。また別の小学生が先生に話しかけている。

「ほう。〝犬の散歩〟から〝犬に噛まれた〟への移行なんて、高等テクニックじゃないか。〝輪投げ〟は何回できるんだ？　ああ、うん、うん。〝東京タワー〟はできるのか？　ヨーヨーチャンピオンはまたきっとやって来る。それまでに極めておけばいいんじゃないのか？」

二宮先生を囲んでわいわいと騒ぐ小学生たちは、もはや真一たちを一瞥《いちべつ》もしなかった。

「ゴム跳びか、懐かしいな。みんなでやってみるか。ゴムはあるのか？」

「先生！　それよりロクムシをしようよ！」

「えー、基地を作ろうぜ」

「よし、わかった。今日はお前らが満足するまで、ずっと一緒に遊んでやる。でもちょっと待て」

　小学生たちを制した先生が、真一たちのほうに歩いてきた。

「先生、おれたち」

「ああ、わかってる」

　足を止めた先生が、サバイ部員たちを見回した。

「この先に用があるんだろ？　お前らはこのまま先に行け。わたしはもう少し、ここで小学生たちの相手をしている。彼らが……そうだな……満足、するまで」

「……満足？」

「ああ」

　そっとまつげを伏せた二宮先生が、困ったような、訝《いぶか》るような、複雑な表情をした。

「最初に見たときから変だった。ここにいるヤツは全員、何か強烈なものを抱えている。強い不満足……満たされなかった心、のようなもの」

「……不満足、ですか」

「ああ。どいつもこいつも内容はたわいもないことだ。だからこそ違和感がある。それだけのことに、どうしてそんなに固執してしまっているのか」

「確かに……」

　ラジオ体操のハンコを求める少年も、ランボルギーニのカードを求める少年もそうだし、他の子たちも同じような感じだ。落とし穴の少年が言ったことを、真一は思いだす。

ずっとずっと、誰かが落ちるのを待ってたんだ。あれから、どれくらい待ったんだろ。でも二人も落ちるなんて——。

ずっと待っていたと、彼は言った。こんなところで、どれくらいそれを待っていたのだろう。ずっと待ち続け、今日、真一たちが穴に落ちたから、彼は消えてしまったのだろうか。

このあたりにいる子は、みんなあんな感じよ——。

ヒトミさんが言っていたけど、それはどういうことなんだろう。今、騒いでいる小学生たちも、同じなのだろうか。ここでずっとずっと待っていて、やがて消えてしまうのだろうか……。

「それからもう一つ、」

まつげを上げた二宮先生が、部員を見渡した。

「奇妙なことだが、彼らはずっと昔の子どもたちのように見える。わたしの世代よりも、もっと上。ちょうどお前らの親の世代くらいか」

「……あの、それって」

「わからない。だけどな、スーパーカーブームなんて、わたしだって体験していない。ファイヤってのはファミコン以前に爆発的に流行《はや》った、ゲーム＆ウオッチのことだ。ヨーヨーチャンピオンも同じようなものだ」

「どういうことなんデスカ？」

「わからないが、普通ではないことは確かだ。実際に話したり触れたりしても、普通の子どもと変わりないがな」

先生はアキラをじっと見つめた。

「どうする？　総長。このまま引き返してもいいんだぞ」

「……いや。おれは進む」

「そうか」

まだ何か言いたげな先生の後ろに、気付けば小学生たちが集まってきていた。

「ねえ、お兄ちゃんたち、このまま行くの？」

ラジオ体操の少年が、屈託のない笑顔で訊いてきた。

「うん、行くよ。この先に用があるんだ」

と、真一は答えた。さっきは酷《ひど》い目にあわされたけれど、今目の前にいるのは、ただの無邪気な小学生だ。

「この先に一の門があるよ。門番《ゲートキーパー》がいるけど、頑張ってね」

「一の門？　ゲートキーパー？」

「うん、お兄ちゃんたちなら一の門くらい大丈夫だよ。サバイ部なんでしょ？」

「なあ、一の門ってことは二とか三の門もあるのか？」

「知らない。僕らは行ったことないから。ねえ、先生、ロクムシしようよ」

「ロクムシじゃなくて、ゴ、ム、跳、び。ゴム跳びをするの！」

「それより、基地だって！」

「缶蹴りにしようぜ」

「ああ、わかった、わかった。順番にするぞ、順番に」

かつて音速の四天王と呼ばれ、東海の不良たちをまとめ上げた二宮先生は、もう真一たちのほうを見なかった。その背中が、行ってこい、と言っているようにも、気をつけてな、と言っているようにも見える。

先生は小学生に向き合ったまま、あげた手を背中ごしにひらひらと振った。

# act.3　一の門の二人

「ねえ、」

と、真一は歩きながら問うた。

「清正くんは、前にもここに来たことがあるの？」

不思議議ハムスターは何も答えなかった。珠美センパイの肩の上で、じっと前方を睨《にら》み、口を結んでいる。珠美センパイも前を見つめたまま、何も言わなかった。

「言いたくないの？」

「……いや、そうではない」

来たことがある、とも、ない、とも清正くんは言わなかった。だけど話し方の感じから、ある、と言っているように真一には聞こえた。あるのだけれど、話したくないのか、あるいは、話すべきではない、と考えているのかもしれない。珠美センパイにさえ話したことのない〝秘密〟を、清正くんは持っているのかもしれない。

先頭を行くアキラはずっと黙ったままだった。その後ろにいる真一と珠美センパイと清正くんも、しゃべらなかった。後ろを歩く磯山兄妹と遥香は、ピクニック気分なのか、緊張感のないおしゃべりを繰り返している。

何となく山道を登ることを想像していたのだが、道はフラットか、どちらかと言えば下っていた。十分くらい歩いたような気がするけれど、もう少し長く歩いたかもしれない。

「……何かあるぞ」

アキラが突然言い、静かに足を止めた。目を前方に向けると、一本道の先に小さく、門らしきものが見えた。山の中腹に建てられた寺の本堂へと続く、山門のような感じだ。あれが小学生たちが言っていた一の門、なのだろうか……。

「なあ、清正」

アキラがゆっくりと振り向いた。

「知っていることがあるなら、今のうちに教えておいてくれ」

「……ああ」

ビーズのようなくりくりした目を、清正くんは閉じた。珠美センパイはじっと前を見つめたままだ。清正くんはやがてゆっくりと目を開き、覚悟を決めたように話し始めた。

「実は何度かここまでは、忍び込んだことがあるんだ」

「どうして？」

「この先に少し用事、というか興味があった。だが、どっちにしても、おれにはあの門を越えられなかった」

この先にある用事、というものに想像はつかなかったけれど、清正くんはそれを言いたくないのだろう。

「さっきあいつらが言ったように、門には門番がいた。門番の許可がないと、門が開かないのかもしれない」

「脇を抜けたりはできないのか?」

「無理だ。そういうのじゃない。人知を超えたものがあるんだろう」

ハムスターだから表情はよくわからないけど、真剣な口調だった。

「なんダカ……古いんだヨナ」

と、磯山センパイが言った。

「昔のマンガみたいだロ。一の門とか二の門トカ」

「……ああ」

真一にも何となくわかった。子どもの頃病気がちだった真一は、病院に置いてある古いマンガを片っ端から読んだ(そのことは真一の即興物語の内容にも、影響を及ぼしている)。古いバトルマンガみたいなものには、こうやって一つずつ関門を突破していくようなものが多かった。塔を一階ずつクリアしていくものもあったし、こんなふうに門を突破していくものもあった。門や塔には、そこを守る者がいるのが常だった。

「古いって、さっきの小学生たちも、そうだったよね。スーパーカーとか」

「あア、そうだナ」

「清正、他に知っていることはないか？」

「……ここからは推論になるが、いいか？」

清正くんの言うことに、アキラが頷《うなず》いた。

「女教師も言っていたが、ここにいる小学生たちは、みんな不満足を抱えている。何らかの願いを持っている、と言い換えてもいい」

「願い……か。まあ、そんな感じだったな」

「落とし穴の少年は、自分が掘った穴に、ずっと誰かを落としたかった。それが叶《かな》ったら消えた。ハンコの少年は、ずっとハンコが欲しかった。だけどハンコがもらえなかったから、まだ消えていない、のかもしれない」

「ということは、この先にも、小学生が出てきたら、そいつらの願いを叶えてやれば、消えるってことか？」

「ああ。あくまで、推論だがな」

「願いを叶エルト、満足して成仏スル、ということなんだろウカ」

「彼らは、本当はもう、この世にはいない、地縛霊のようなものとか？」

清正くんは門を見つめたまま、頷いた。

「そうかもしれないし、そうじゃないのかもしれない」

ぞっとするような話だったが、そう考えれば腑《ふ》に落ちるところもあった。今まで出会った小学生たちが、本当はもうこの世にいない昔の子どもたち、つまり幽霊か地縛霊のようなもので……、と考えると、消えたことも、何だか古いことも納得できるのだ。

「あの……ちょっといい、かな？」

遥香がおずおずと発言権を求めた。

「ねえ、ずっと気になってるんだけど、どうして清正くんがしゃべってるの？」

「え⁉」

真一は遥香と清正くんを交互に見比べた。

「何を言ってるの、遥香」

「だってハムスターだよ、動物だよ、こんなに可愛《かわい》いんだよ。なのにしゃべるのっておかしいじゃん」

「遥香、だけどそれは――」

「それはもういいダロ」

「可愛いとかあまり関係ないと思います」

磯山兄妹が珍しく意見を合わせた。

「だって、だってだって」

遥香が天然発言をしているようにも思えるけれど、真一たちのほうが間違っているのかもしれない。

「お前たち、一つだけいいか？」

と、珠美センパイが言った。

「清正は、生まれたときからしゃべっているぞ」

「え！　そうなんですか⁉」

「嘘《うそ》ダロ」

「まあ、それはどっちでもいい」

本題から逸《そ》れ始めた会話を、アキラがさえぎった。

「小学生が成仏するのも、ハムスターがしゃべるのも、受け入れるしかねえ。行くか戻るか、だ。行くなら、あの門を越えるしかないんだ。謎《なぞ》はそのうち解けるだろ」

「……そうだね」

真一は頷いた。遥香の発言のおかげで、緊張も少しほぐれていた。

「門番がいるのなら、おれが相手をする。みんなはまず、自分の安全を確保してくれ」

「冗談だと思われているかもしれないが」

と、珠美センパイが言った。

「さっき配った粉は、本当に結界になるぞ」

一行は頷きあい、前方の門を見やった。さっさと歩きだしたアキラを先頭に、六人と一匹はゆっくりと進んだ。

◇

門の近くには誰もいないように見えた。用心しながら近付いていった真一たちだったが、やがて足を止めることになった。

門が少しだけ開き、中から小学生らしき人影が二つ出てきた。二人は、門の左右に分かれて立った。その様は門番というに相応《ふさわ》しく、東大寺南大門の〝阿《あ》〟と〝吽《うん》〟の像のようだ。

「こっちを見てルゾ。どうすルンダ？」

「このまま進むぞ。おれがまず行くから、用心して付いてきてくれ」

アキラが前に進み、真一も続いた。その後ろから磯山センパイたちが、怪しい粉の入った小瓶を握りながら付いてくる。

門番の二人が男子と女子であることが、近付くにつれわかってきた。さっきの子どもたちは小学三年生か四年生くらいだったけれど、今度は五年生か六年生くらいのように見える。

「よう！」

先頭のアキラが声をだすのと同時に、男子のほうが前に歩いてきた。

「こんにちは！」

礼儀正しく挨拶《あいさつ》する男子に、アキラも手をあげて応《こた》える。

「なあ、おれたちあの門を通りたいんだけど、いいか？」

「もちろんいいですよ。ただ、」

その男子は爽《さわ》やかに笑った。

「僕と勝負してください。僕に勝ったら通ってもいいですよ」

礼儀正しくて爽やかな口調の少年に、敵意のようなものは感じられなかった。

「勝負って何の勝負だ？」

「はい！　今準備するので、ちょっと待っててください！」

嬉《うれ》しそうに言った少年が、くるり、と踵《きびす》を返して門のほうに走っていった。彼は門の脇で何かを準備し始める。

「……勝負っテ……本当にマンガみたいだナ」

「何をする気なんでしょうね」

後ろで磯山センパイと遥香がこそこそと話した。男子はどこからかバケツのようなものを取りだしてきた。もう一人の女の子は門の脇に立っているだけで、ぴくりとも動かない。

「ねえ、勝負をせずに通っちゃだめなの？」

と、少年に向かって真一は訊《き》いた。

「はい、無理なんです。僕に勝たないと、門は開かなくって。よかったら確かめてみてください」

準備の手を休めず答える少年に、アキラと真一は顔を見合わせた。少年に勝たないと門が開かないって、どういうことだろう。鍵《かぎ》を貸してもらえないとか、そういうことなのだろうか。

遥香たちをそこに待たせたまま、二人は門のほうに近付いていった。お寺の山門のような巨大な門を見上げ、扉に手をかけてみる。押しても引いてもびくともしなかった。錠やかんぬきのようなものも見あたらない。

「……どういうことなんだろ」

「何だかわかんないけど、勝てばいいんだろ」

アキラは少年のほうに、つかつかと戻っていった。少年はバケツに布を被《かぶ》せ、何かを並べる。アキラの後を付いていった真一は、少年の手元を覗《のぞ》き込んだ。

男の子が並べているのは、コイン位の大きさの金属の塊だった。円錐《えんすい》の形をしたそれは真一にとって、知っているけれど実際には知らないという類《たぐい》のものだ。

「……ベーゴマか」

つぶやくようにアキラが言った。

「アキラ、やったことあるの？」

「ない。多分、見るのも初めてだ。こち亀《かめ》で読んだことがあるけど」

「こち亀って何？　もしかして、こちら亀有《かめあり》なんたらってやつ？」

と、男の子が言った。彼はバケツの上に敷いた布の脇を、ヒモでぐるぐると結んでいる。

「あのマンガ、全然人気ないけど結構おもしろいよね。もしかしたら人気出るかもね」

「……それって、どういうこと？」

「よっし、準備できた！」

真一の問いには答えず、男の子は嬉しそうにこちらを見上げた。バケツと布で作られたのは土俵なのだろう。二組のベーゴマとヒモが用意されている。サバイ部の他のメンバーも、ぞろぞろと真一たちの周りに集まってくる。

「これ、ルールはあるのか？」

「ルールも何も、最後まで回っていたほうが勝ちだよ」

少年は爽やかな笑顔で言った。

「じゃあ、ちょっと一回、練習させてくれ」

「うん、どうぞ」

腕まくりをしたアキラは、ベーゴマにヒモを巻こうとした。

「ん？　あれ？　これはどうやるんだ？」

真一も一緒になってベーゴマを色々な角度から見てみたけどわからなかった。

子どもの頃、翠ちゃんが外で遊べないこともあって、アキラの家には木ゴマとかヨーヨーとか、そういう室内でも使える遊び道具がいくつも置いてあった。真一もアキラに教わってコマ回しをしたことがある。だけどこのベーゴマには木ゴマのような軸がないから、ヒモの引っ掛け方がよくわからない。

「違う、違う。こうやって、結び目を二つだして――」

少年が手本を見せながら、説明してくれた。

浅い円錐形をしたベーゴマの頂点の両脇に二つの結び目がくるように、ヒモをぐるりと円錐の天地に回す。二つの結び目をコマの軸に見立てて、その周囲にぐるぐるとヒモを巻いていく。この巻き方を、女巻き、というらしい。

「結び目の向きを同じにして、きつく巻くといいよ」

「んっと、……こんな感じか」

巻き終えたベーゴマを、アキラは人差し指と親指で握った。余ったヒモをくるくると小指に巻き付ける。

「普通のコマは回したことあるの？」

「ああ、ある」

「普通のコマは投げてから引くでしょ？　べーは引くほうが大事だよ。投げて引く、じゃなくて、落として引く、くらいのつもりで」

少年は手振りを交えて、親切に説明してくれた。

「こうか？　ああ、なるほどな」

土俵の上空十数センチくらいのところで、アキラは手裏剣を投げるようにべーゴマを水平に振る仕草をした。同じように二度、三度、四度、と狙《ねら》いを付けるように素振りをし、最後に、ひゅん、と腕を振った。

「おおー！」

と、サバイ部の面々から声が漏れた。アキラの手元を離れたべーゴマが、バケツの土俵の上で見事に回転している。

「……よし。だいたいわかったぞ」

アキラが回したべーゴマを見つめながら、少年は布を引っ張ったりして、土俵の調整を始めた。回転軸を不安定にぐらつかせながら、やがてアキラのべーゴマは動きを止める。

「ねえ。誰か一人でも勝てば、通してくれるの？」

「うん、もちろん」

きっと少年には自信があるのだろう。少年がどれくらいの腕前なのかはわからないけど、でもその態度や声からわかるのは、負けるなんて考えてもいないだろうということだ。

「じゃあさ、まずは僕と勝負してよ」

と、真一は言った。

「いいよ。そこにコマがあるから、どれでも好きなの選んでいいよ」

少年はバケツの脇にある長方形の缶を指差した。その中には何十ものベーゴマと、何本かのヒモが入っている。

「いや待て、真一。おれがやるぞ。負けないから、大丈夫だ」

アキラの声を背中で聞きながら、真一はコマを選んだ。

(……まずは様子を見たほうがいいと思うんだ。相手のこともわからないし)

真一はアキラだけに聞こえるよう、小声で言った。

(これから何が起こるのかわからない。でも、アキラは絶対に勝たなきゃ)

厚さや重量や直径がそれぞれ違うコマのなかから、真一はなるべく平均的と思われるものを選んだ。

(だからまず僕がやる。それを参考にして、後で絶対に勝って)

(……わかった)

丸いコマを手に取った真一は、さっき教わった通りにヒモを巻いていった。

「丸六にしたんだ。じゃあ僕も同じのにするよ」

嬉しそうに話す少年のことを、離れた位置にいるもう一人の門番の女の子が見つめている。

「ちょっと練習させてね」

真一はさっきのアキラと同じようにコマを回そうとした。だけどやってみると、コマが斜めに飛んで、上手《うま》くまわらなかった。

「もっと、まっすぐにヒモを引き抜くんだよ」

男の子が親切に教えてくれる手元を、真一だけでなくアキラも鋭い眼光で睨んでいた。もしかしたらアキラもベストな投げ方を探ろうとしているのかもしれないと思い、真一は少年に質問を繰り返した。

「おー、上手いじゃん」

何度かの練習を経て、真一は何とかべーゴマを回せるようになった。サバイ部の面々だけでなく、男の子も嬉しそうにしている。もう一人の門番の女の子は相変わらず、遠くからじっとこちらを見つめている。

「じゃあ、勝負しようか。一回勝負ね」

慣れた手つきでヒモを巻いた少年が、おもむろに土俵の横に立った。小さく腰を落とし、そのまま手首のスナップを、くいっ、と効かせた。

獲物を捕えるカメレオンの舌のように、少年の手元から白いヒモが高速で伸びた。瞬間、コマは土俵の上に静かに着地する。そのさりげない一連の動作《モーション》に、真一は見とれた。

土俵の上に生まれたのは、揺るぎない完璧《かんぺき》な回転だ。回転軸がぶれていないため、コマが美しく自立している。まるでバケツの上に、神聖で静かな宇宙が生まれたみたいだ。

彼の実力が高いことに、疑いの余地はなかった。

「投げていいよ」

「え？」

少年のコマの回し方があまりにもさりげなかったから、練習のつもりなのかと思っていた。

「でも、同時に回すんじゃないの？」

「今なら大丈夫だよ」

少年は笑顔で言った。後から回していいというのは、バカにされているのかもしれないし、そんなのは本当の勝負じゃないと思うけど、真一は素早くその考えを頭から振り払った。

土俵の横でベーゴマを構え、集中、と思った。小学生にハンデをもらおうが何だろうが、自分たちの目的の実現のためには、ここで勝ってしまうのがベストだ。

落として引く！　ヒモを水平に引き抜くように！

真一が腕を振ると、回転するベーゴマが、土俵の上に見事に着地した。会心の回転に思えた。

「わっ」

「凄《すご》いです！」

睦美ちゃんと遥香の声が聞こえた。真一が生みだした回転は、少年の回転にじりじりと近寄っていく。互角に見える二つの回転だけど、後から回したぶん、真一のほうが有利に違いない。

カカッ！

鉄がぶつかり合う音がしたのと同時に、一方のベーゴマがはじき飛ばされた。

「えっ⁉」

「どうして？」

遥香と睦美ちゃんが声をあげた。あっさり飛ばされたのは真一のベーゴマだ。勝利した短距離走者がトラックを周回するように、少年のベーゴマはまだ悠々と回転を続けている。

真一は唖然《あぜん》としてそれを見つめる。

「一撃、というわけか」

珠美センパイが息を吐いた。圧倒的な実力差だった。勝てるのだろうか、と真一は不安になる。自分はともかく、アキラでもこの少年に勝てるのだろうか……。

「お前……」

ベーゴマを拾い上げた少年に、アキラがにじり寄った。少年は特に喜ぶでもなく、勝って当たり前、という感じの顔をしている。

「お前、凄いな！　どうやったんだ？」

「や、普通だけど」

「凄《すげ》えよ！　ハンパじゃねえ。おれにはわかる」

さっきまで思いつめたような表情をしていたアキラだったが、急にいきいきしていた。

「おれは高坂アキラ。お前の名前は？」

「後藤久典《ごとうひさのり》」

「そうか、ヒサノリ。おれにベーゴマを教えてくれよ。巻き方はこれでいいのか？」

「うん。なるべく固く巻くといいよ。でもすっぽ抜けないように」

嬉しそうなアキラに、同じく嬉しそうな少年が応えた。子どもの頃からそうだった。アキラには、自分が凄いと思ったものや興味を持ったものに、恐るべき素直さで近付いていくところがあった。

「こうか？　これでいいのか？」

アキラは巻き方を教わり、ベーゴマの種類を教わった。教わった投げ方で投げ、またアドバイスを受け、手本を見せてもらってまた投げる。二人は順番にコマを回し、あれやこれやと騒いでいる。

何かに似ている、と思った真一はすぐに気付いた。アキラの様子は、さっきつかつかと小学生たちに近付いていって、あっという間に仲良くなってしまった二宮先生と同じだ。

「ようし、こうだな？　どうだ！」

アキラが、びゅん、とヒモをふるった。

「んー、ヒサノリの域には、まだもう少しかな」

土俵の上に生まれた回転を見つめながら、アキラが言った。

「なあ、ヒサノリ、お前の願いはなんなんだ？」

仲良くなったついでに、といった感じで、いきなりアキラは核心部分に踏み込んでいった。真一は緊張しながら、ヒサノリくんの表情をうかがう。

「……願い？」

少年は首を捻《ひね》った。

「願いっていうか、お前の不満？　思い残したこととか、無念なこととかはないのか？　欲しいものとか」

「どういうこと？」

「おれらにできることなら、何でもしてやるぜ。ヒサノリはおれのベーゴマの師匠だからな」

回転を弱めたベーゴマを、アキラは拾いあげた。

「おれは、お前の力になりたいんだよ」

「んー、でも、願いっていっても……」

くるくるとヒモを巻いた少年は、ひゅん、と無造作にベーゴマを回した。

「願いなのかどうかはわからないけど、もうすぐベーゴマの大会があるんだ。そこで優勝したいかな。大人も出る大会だから難しいかもしれないけど。小学生大会では、もう優勝したから」

「ふーん」

それが彼の願いだったとしたら、今の自分たちには叶えようがなかった。アキラの視線は少年の生みだした回転から、少年そのものに移る。

「そんな大会があるんなら、おれも出るよ。その代わり、おれはその場で、師匠超えを果たすぜ」

「……うん。……でも負けないけど」

じっと回転を見つめていた少年は、アキラに笑顔で向き直った。

「じゃあ、その前に、勝負しようよ。三本勝負」

「ちょっと待ってもラオウ！」

輪の外側から聞こえた声に驚いて振り返ると、きらーん、と磯山センパイのメガネが光っていた。

「アキラじゃまだ勝てないダロ。その前に、ボクが相手をスル。十一本勝負ダ」

「十一本勝負!?」

「あア。先に六勝したほうが勝チダ。なんなら十三本勝負でもイイゾ」

「……僕は別にいいけど」

ベーゴマを拾い上げながら、少年は言った。

「じゃあ、決まりダナ。アキラはその間、練習してロヨ。まあ、ボクが勝ってしまうだろうガナ」

少年と磯山センパイを見比べながら、アキラは何か言いたそうな顔をしていた。だけどやがて、わかった、と言い残してこちらに背を向けた。

そのままヒモを巻きだしたアキラは、本当に練習をするつもりなのだろう。もしかしたら磯山センパイは、アキラに少しでも多く練習させるために、十一本なんていう長丁場の勝負を申しでたのかもしれない。

「……センパイ、ベーゴマできるんですか？」

「そうだよ。お兄ちゃんみたいな小太りには無理じゃないの？」

遥香と睦美ちゃんが、磯山センパイに疑いの眼差《まなざ》しを向けた。

「何を言ってるンダ。まずボクは小太りじゃなくて、脱ぐとむしろ痩《や》せすぎなくらイダ。

そして回転《ジャイロ》はボクの得意分野ダ」

そういえば川で石投げをしたとき、磯山センパイはジャイロとか何とか言っていた。

「ヒサノリくんに訊クガ、回し方は、こちらの自由でいいヨネ？　自由なんでスヨネ？　いいヨネ？」

「うん、もちろん」

六年生くらいに見える少年は、素直に頷いた。

「コマの種類も自由ですヨネ？　いいヨネ？　自由なんだヨネ」

「うん」

「いいだロウ！　では勝負ダ！」

また磯山センパイのメガネが、きらーん、と光った。

「じゃあ一本目、行くよ」

少年がヒモをふるうと、さっきと同じように、するどい回転が土俵の中心に生まれた。先に回したのは、磯山センパイのことを見た目であなどっているのか、それとも十一本勝負だから一本くらいは取られてもいいと思っているのかもしれない。

「フン、ナメラレタモのダナ」

懐から手をだした磯山センパイが、おもむろに土俵に近付いていった。その手には何かオレンジ色のものが握られている。

「ゴォ！　シュート！」

磯山センパイが生みだした新しい回転に一同は仰天し、また愕然《がくぜん》とした。回転そのものというより、その回転の生まれ方に、だ。

「ちょ、お兄ちゃん！」

「センパイ、それはじ、自由すぎるっていうか」

「光ってるし！」

「いいのか磯山《イソ》、それは」

「ふふフふフふふふフフ」

磯山センパイはおかしな笑い方をした。

「アースアクイラ145WD。持久力に優れたメタルウィールと、防御力に優れたボトムを組み合わせタ」

センパイのメガネがぎらぎらと光った。さっきは片目が光っていたけれど、今度は両目とも光っている。

「……べ、ベイブレードって」

磯山センパイが手にしているのは、銃の形をした発射台《ランチャー》だった。反対の手には、引っ張り終えたギアベルト《ワインダー》がある。どうしてあんなに大きなものが、懐に入っていたのだろう。土俵の上では、びーん、という感じに空気を震わせながら、ベイブレードが少年の回転に迫っている。もしかして……もしかして……これで勝ってしまうのだろうか……。

カカカッ、と音がしてベーゴマとベイブレードがぶつかりあった。だけど本当は、〝昭和〟と〝平成〟がぶつかりあったのかもしれない。

「よッシ。まずは一本先取ダナ」

〝平成〟は〝昭和〟を、あっさりと土俵外にはね飛ばした。

「すげえ！ なにそれ、見せて！」

負けたというのに、少年は目を輝かせていた。ランチャーを貸してもらった彼は、空にかざしたり、中を覗こうとした。それから何度か、ギアベルトを引いて、コマを回して遊び始めた。

「なんだこれ、すごいな」

「そうダロ。コマは改造もできるヨ。ここを通してくれるなら、これを君にあげルヨ」

「いや、いい。欲しいけど、いらない」

「どうしテ？」

「んー。そんなの使ってたら上手くならないじゃん。二本目、行こう」

少年は爽やかな笑顔で言った。

「ああ。イイヨ」

土俵に向かい合った二人は、今度は呼吸を合わせた。〝ゴォ、シュート！〟という声と〝チッチの、チ！〟というかけ声が、やがて交差する。

同時に回り始めたコマが、土俵の中央で何度かぶつかった。最初は互角のように見える。だけどぶつかるたびに、少年のベーゴマは動きを弱め、やがて止まってしまった。

「三本目、チッチの、チ！」

「ゴォ、シュート！」

少年はベーゴマを替えて、三本目の勝負に臨んだ。だけどやはり、磯山センパイが勝利した。四本目に挑む少年は、今度はヒモの巻き方を変えている。

「……ねえ真一、あれってちょっとずるくない？」

「うん。正直、僕もそう思う」

ヒサノリくんの手元から放たれるのは、ヒサノリくんの純粋な回転だった。技術向上に対する真っ直《まっす》ぐな思いが伝わってくるような、磨き上げられた美しい回転だった。それなのに――、

「これで四勝〇敗ダ」

勝ち誇る磯山センパイは、ちょっとどうなんだろう。ベイブレードが悪いわけではないが、そんなのが勝ちと言えるのだろうか。

「よっシ、五勝〇敗。あと一勝ダナ」

やはりベーゴマはベイブレードに勝てないようだった。磯山センパイが勝てば、目的は達せられるわけだけど、真一はすっかり少年を応援したい気分だった。

「ちょっと待ってね。最終兵器使ってもいい？」

「最終兵器ってなンダ？」

訝《いぶか》る磯山センパイに割り込むように、遥香と睦美ちゃんが声をだした。

「もちろんいいよ、ヒサノリくん。うちのお兄ちゃんがごめんね。次こそ、頑張って！」

「ヒサノリくん、あの人、あんなの使ってずるいよね。うちのセンパイがあんなで、ほんとごめん」

「うん。大丈夫、次は勝つよ」

十分に集まった女子の支持とともに、もう後のないヒサノリくんが立ち上がった。コマを替えた少年は、長い時間をかけてヒモを巻く。勝ちと引き換えに、〝大切なもの《モテ》〟を失った磯山センパイが、ふフン、勝てるモンカ、と笑う。

「六本目、行こう！　チッチのチ！」

「ゴォ、シュート！」

うなりをあげるベイブレードに、背の低いベーゴマが挑んでいった。ゴツン、と鈍い音をたてて、二つの回転体がぶつかる。

「あ！　あ！」

「やったぁ！」

「凄い、凄い！　凄い！　やったね！」

遥香と睦美ちゃんが歓声をあげ、手を叩《たた》いた。

それは〝昭和〟が初めて〝平成〟に勝利した瞬間だった。真一も思わず拳《こぶし》を握りしめ、珠美センパイまでも、にやり、と口角をあげている。少し離れたところで練習していたアキラが、ちら、とこちらを確認する。

「ぺ王さまを使ったんだ。小学生同士の対戦では強すぎて禁止されてるんだけど、肉弾戦だったら最強だよ。ヒモを巻くのも、回すのも難しいんだけど」

八角形のコマの頭に、〝王〟という文字がでかでかとあった。〝ぺ王さま〟という名のそのベーゴマは、平べったくて大きくて、他のものより明かに重量がありそうだ。

「チッチのチ！」

「ゴォ、シュート！」

それから少年とぺ王さまの反撃が始まった。回すのが難しいらしいが、集中する少年にミスはなかった。磯山センパイのベイブレードは、そこから五連敗してしまった。

「これで五勝五敗だね。次は最後の勝負だよ」

「いいだロウ。受けてたってヤル」

全然動じていない磯山センパイだったが、特に切り札もなかったらしく、またあっさりと負けてしまった。

「まいりまシタ」

「っしゃ！」

ガッツポーズをする少年を、遠くから門番の女の子が見つめていた。いつの間にか近付いてきていたアキラも、おお、と言って、拍手している。

「やるな、ヒサノリ。最後におれと勝負だ。おれは師匠超えを果たすぜ」

「うん。どうする？　何本勝負にする？」

「んー、そうだな。大会のときは、何本なんだ？」

「いつもは三本勝負だよ」

「じゃあそれでやろう。なあ、試合のつもりでこいよ。これは大会の決勝だ」

「うん、わかった」

アキラと少年は互いの目を見た。大会という言葉をだしたアキラは、もしかしたら、大会に出たいと言った少年の願いを叶えようとしているのかもしれない。同じ型のベーゴマを選んだ二人は、無言でヒモを巻いていく。

「行くぞ」

「うん」

二人は真剣な表情で対峙《たいじ》した。

何故だかその対決が、昔から約束されていたように思えた。真一の目には、今のアキラが、小学生時代のアキラと対峙しているようにも見える。向き合った二人の、緊張と集中が高まっていく。

「チッチの、チ！」

二人の手元からヒモが伸び、研ぎ澄まされた二つの回転が土俵上に生まれた。それが運命であるかのように、互いに引き寄せられていく。

カッ、カカッ、カッ――。

二つのベーゴマは激しくぶつかった。

「おお！」

勝負がついたとき、歓声があがった。きっと回転力で、アキラが勝っていたのだろう。最後まで回り続けたのはアキラのベーゴマだ。

勝ったほうも負けたほうも何も言わなかった。ベーゴマを拾いあげた二人は、そのまま二本目の勝負に向けて、運命のヒモを巻く。

「チッチの、チ！」

アキラは基本に忠実なフォームだった。練習の成果か、コマも土俵と平行に綺麗《きれい》に回っている。そこに向かって少年の回転が、斜めに切り込んでいく。

斜めに回ったのは少年の失敗ではなく、パワーで勝る相手に対しての技なのかもしれなかった。実際にアキラのコマは、かつん、という音とともに土俵外に弾《はじ》き飛ばされてしまった。

生き残った少年のベーゴマは、やがて門のほうに頭を向けて回転を止めた。

「一勝一敗だ」

真一がつぶやいたとき、びゅう、と風が強く吹いた。こっちのほうが見やすい、と、耳元で声が聞こえる。気付けば清正くんが、真一の肩に乗っている。

「なあ、」

と、アキラが言った。

「ヒサノリ、お前はたいしたヤツだ。大会で勝つために練習してきたんだろ? 技を磨き、作戦をたて、工夫して、その日を待った。その思いを今、全部おれにぶつけてみろよ」

「……うん。わかった」

「けど、おれは負けねえ。負けられない理由があるんだ。なあ? 真一」

アキラはゆっくり真一を振り返った。少年も真一を見つめ、サバイ部のメンバーも真一を見つめる。遠くの女の子も、ちら、と真一を見た。

「そうだね」

アキラがそれを必要としているのがわかった。清正くんの重みを肩に感じながら、真一は即興物語《インプロビゼーション・ロマンス》のスイッチを入れた。

「僕らは、アキラの妹を助けにいくんだ」

　でもそれは、いつものスイッチではなかったのかもしれない。

「果たされなかった……約束を取り戻しにいく。これ以上、翠ちゃんを一人ぼっちにはさせておけない。僕とアキラは、失ったものを取り戻す。失ったものは、取り戻さなきゃならないんだ。もしこれが誰かの罠《わな》だとしても、僕らは僕らの物語《ロマンス》を信じるよ」

　また、びゅう、と強い風が吹いた。

「ああ、そうだな」

　ゆっくりと頷いたアキラが少年に向き直ると、サバイ部の面々も土俵に向き直った。真一の肩で清正くんが、シッポを立てている。

「アキラ部長センパイさん、頑張ってください」

「負けるナヨ、アキラ」

「わたしの念を分けてやろう」

　ヒモを巻いた少年とアキラは、土俵に向かった。

「僕も負けないよ」

「ああ、最後の勝負だ」

　二人はそれぞれのフォームで構えた。

「チッチの、チ！」

かけ声とともに、最後の回転が生まれた。

七人と一匹が見守るサークルの中央で、二つのコマは高速回転した。運命の星が邂逅《かいこう》するように近付き、火花をあげてぶつかり、離れ、また引き寄せられて体をぶつけあう。

勝負はなかなかつかなかった。だけど熱い回転エネルギーは静かに失われていく。二つのベーゴマは今、動きを止めようとしている。

「あっ」

遥香が小さな声を発した。二つのコマは、連続して動きを止めた。だけど僅差《きんさ》ながら生き残ったのは……。

アキラのコマだ!

アキラが勝った!

動きを止めた二つのコマを、一同は見つめた。やがて同時に動いたアキラと少年が、お互いのコマを拾い上げる。

「……僅差だったたな」

「うん。でも負けたよ」

にやり、と笑うアキラに、少年も爽やかに笑いかけた。

「なあ、お前のベーゴマをおれにくれよ」

「うん、僕にもなんかちょうだい」

「ん、じゃあ……」

ごそごそとポケットを探ったアキラが、ほらよ、と何かを少年に投げて渡した。

「ん？　なにこれ？」

「ハムスターが集めた、霊験あらたかなドングリだ」

三つのドングリを見つめて、少年は笑った。

「どんグらっしゃイィィッ‼」

奇天烈《きてれつ》な声に驚いて振り返ると、身もだえる磯山センパイの懐に睦美ちゃんが手を突っ込んでいた。

「これは準優勝の賞品。未来の世界からのプレゼントです」

兄から奪ったベイブレードを、睦美ちゃんが少年に差しだす。

「ありがとう！」

「やメロよ！　お前、マジで急に手を突っ込むのはやめロヨ！」

磯山センパイが騒ぐなか、少年がアキラに言った。

「アキラくん、本当にありがとう。いい勝負だった」

「ああ」

少年とアキラが、がっちりと握手した。

「満足、したよ」

少年の誇り高い声のトーンが、真一の胸にじわりと染み込んだ。と、同時に、真一は強い緊張に襲われる。これは……落とし穴の底で男の子が消えたときに……似ている。

もしかしたら同じことを感じているのかもしれなかった。アキラはこわばった表情で、微笑《ほほえ》む少年をじっと見下ろしている。真一の髪をぎゅっと摑《つか》むハムスターも、同じことを予感しているのかもしれない。

だけど少年は微笑んだままだった。やがて口の周りを手で拭《ぬぐ》い、それから頭をぽりぽりと掻《か》く。何も……何も起こらない。

消えない……。この少年は消えない……。

「あ、あの！」

その場にいる全員が、驚いて振り返った。ずっと門の脇からこちらを見守っていた少女が、いつの間にかすぐ後ろにいる。その視線は、真っ直ぐに少年をとらえている。

「後藤くん、あの！」

少女は切実な感じに呼びかけた。

「わたし、後藤くんのことが好きです」

いきなりの告白に、真一たちは驚愕《きょうがく》した。この世界に来てからずっと驚きっぱなしだったけど、もしかしたら案外、一番驚いたのは今かもしれない。

「ああ、悪かったな」

声をだした少年に、真一たちは慌てて振り返った。

「待たせて、悪かった。大会が終わるまでは、ベーゴマに集中したかったんだ」

真一たちがまた振り返ると、ううん、という感じに少女が首を振った。

「おれも」

ゆっくりと話す少年に向き直り、真一たちは固唾《かたず》を飲んで続く言葉を待った。

「……おれも、ミユキのことが好きだよ」

少年のまっすぐな視線の先に、少女が立っていた。がちがちだった少女の表情が、やがて緩やかにほどけていく。

ここは二人だけのステージだった。二人は真一たちを挟んで、見つめあっている。真一たちはクライマックスを待つ、ただの観客だった。

「あの、」

少し言い淀《よど》んだ少女が、やがて思いきったように声をだした。

「わたしと、ナガシマスパーランドに一緒に行ってもらえませんか？」

「ああ、いいよ」

少年は即答した。

「うれしい……」

涙ぐんだ少女と、少年が見つめあった。さっきから真一たちは、テニスの試合を見る観客のように、首を左右に振って彼らのやり取りを見守っている。

二人は見つめあったまま、お互いに何歩か前に歩み寄った。海が割れたように、真一たちは後ずさる。

「じゃあ、明日、行こうか」

「うん」

「ジェットスクリューに乗ろうぜ」

「うん、わたし、お弁当作ってく」

「まじで！　おれのぶんも？」

「うん」

二人はそのまま見つめあった。まるでそのことを、わかっているみたいだった。

少しずつ消えていくお互いのことを、わかっているみたいに……。わかっているからこそ、その姿を忘れまいとするように……何も思い残すことなんてないように……いつまでも……互いが消えてなくなるまで……いつまでも見つめあおうとするように……相手の姿を永遠に、お互いの眼《め》に焼き付けようとするように――

二人は微笑み続ける。

真一たちは言葉もなく、光の向こうに消えていく二人を見守った。

いつからそうだったのかは、わからない。

二人が完全に消えたとき、門は大きく開け放たれていた。

# act.4 二の門の二人

門をくぐった一行は道なりに進んだ。さっきまではずっと下り坂だったけど、今は上り坂だ。門をくぐってからずっと、何となく嘘《うそ》くさい風景が続いている。

黙々と歩く一行は全員が何か言いたげで、でも何も言わなかった。思っていることは皆同じだが、そのことに触れるのが怖いような、口にだすのがはばかられるような、そんな気分だったのかもしれない。

「また、消えたね」

口を開いたのは真一だった。ついさっき目の前で起きたできごとなのに、その言葉は、ずいぶん遠いできごとを振りかえるようなトーンで延生山に響く。

「ミユキちゃん、ずっと待ってたのかな」

遥香がすぐに続けた。

「そうかもしれないな」

「何だか可哀想《かわいそう》です」

「でも満足したナラ、それでよかったんじゃないノカ？」

誰かが切りだすのを待っていたかのように、サバイ部のメンバーは口々にしゃべった。

「きっとミユキちゃんは、一回、ヒサノリくんに告白したんだよ。そのときヒサノリくんが、〝返事は大会が終わるまで待ってくれ〟って、頼んだんじゃないかな？」

と言った遥香に、うんうん、と睦美ちゃんが頷《うなず》いた。

「ですね。それか、ミユキちゃんが〝大切な話があります〟とだけ言って、ヒサノリくんが〝大会が終わるまで待って〟って言ったか」

二人の会話はまるで、クラスメイトの噂話《うわさばなし》をするような感じだった。

「告白をずっと待たせていた、というなら、ミユキにとっては切ない話だな。ヒサノリは罪な男だ」

清正くんをなでながら、珠美センパイがつぶやいた。

「でも、ヒサノリくんは、優しくて、爽《さわ》やかで、格好よかったよね」

と、遥香が言った。

「はい。格好よかったです。どんグラっしゃイィィとか言ってるお兄ちゃんとは、全然違います」

「それはお前ガ悪いんダロ！」

アキラとの勝負が終わって、少年は満足した表情を浮かべていた。だけど彼は消えなかった。少年が思い残していたのは、勝負そのものではなかった。

「あいつは熱い勝負がしたかったんだ。だけどそれと同じくらいミユキとの〝約束〟を、気にかけていたんだろ」

「〝約束〟って、〝告白を待ってくれ〟っていう？」

「ああ、そうなんじゃないのか」

前を歩くアキラは、少年から譲り受けたベーゴマを宙に投げ上げ、ぱしん、とキャッチした。

「だとしたら、最後に、両思いになれて、よかったですね」

「そうかもな」

二人はずっと、あの瞬間を待ち続けていた。アキラの回転が、凍り付いた二人の時間の封印を破ったというのなら、これでよかったのかもしれない。真一たちがここにやってきたことは、二人にとってもよかったことなのかもしれない。

「行けるといいがな、ナガシマスパーランド」

珠美センパイが空を見上げた。どんよりした空が広がっている。あれからどれくらい時間が経《た》ったのか、もうよくわからない。

「ミユキちゃん、お弁当作るって、言ってましたね」

「うん。ジェットスクリューに乗るとも言ってた」

あの二人はまるで週末の予定を語り合うかのように、永遠に訪れない近い未来のことを語りあった。そして光の中に溶けていった。

サバイ部の一行は、それからしばらく黙って歩いた。

「……けドサ」

磯山センパイは相変わらず変なイントネーションでしゃべった。

「ジェットスクリューなんて乗り物ハ、あそこにはもうないんだヨナ」

「……ああ。確かにね」

「そもそもベーゴマなんテ、古すぎルシ」

やっぱり彼らは昔の子どもの地縛霊みたいなもので、何かこの世に未練があって……、というような想像が止まらなかった。だけどそんな非現実的なことを、普通に受け入れてしまっていいのだろうか。

「さっきまでは、推論だった」

久しぶりに清正くんが口を開いた。続きがありそうな口ぶりだったけれど、その先、言葉はなかなか継がれなかった。

「どうした?」

振り返ったアキラが問うた。

「もし、わかったことがあるなら、今のうちに、何でも教えてくれ」

「……ああ、そうだな」

サバイ部一行の足はいつしか止まった。珠美センパイの肩に乗った清正くんに、全員の注目が集まる。

「ある程度、予想していたことだったのだが、さっき、ほぼ確信したというか……」

清正くんは何故《なぜ》だか言いにくそうにしゃべった。

「何をだ？」

「今から、三十年くらい前のことだ」

小さなビーズのような目を一度伏せたあと、清正くんは意を決したように話し始めた。

「バスの事故があった。この近くの小学校の児童たちを乗せて、遠足に行くバスだった。乗っていた人間、運転手や付き添いの先生まで、ほとんどが亡くなった大事故だった」

清正くんは辛《つら》そうな表情で語った。

「当時、大きなニュースになったその事故の、記事を読んだんだ。被害者の児童の中に、後藤久典という名前があった」

「後藤久典……って、さっきのヒサノリのことか？」

「そう。姓も名も同じだ。偶然とは考えにくい」

「つまり、ここにいるのは、そのとき事故に遭った小学生たちってことか」

と、アキラが言った。他のサバイ部のメンバーはただ息を呑《の》んで、ハムスターとアキラの会話に聞き入っている。

「少なくとも、後藤久典という名は重なった。そして、よくある名だが、美幸《みゆき》という名もあった」

「……その事故は、この山であったのか？」

「いいや。事故が起きたのは、ここから遥《はる》か遠くでのことだし、ここは遠足の行き先でもない。何故、この山なのかはわからない」

「あの、」

　と、遥香が声をだした。

「どうして清正くんは、そんな大昔の事故のことを知ってるの？　三十年前でしょ？」

「それは……」

　言いよどんだ清正くんが静かに目を伏せた。

「……事故に遭った者の名前は、ネットで調べたんだが」

　そう言えば清正くんは、この世界に何度か来たことがあると言っていた。ハムスターがネットで調べものをする、というのもアレだけど、彼には何か真一たちに言えない秘密があるのかもしれない。

「ここからは、」

　目を伏せたままの清正くんに助け舟をだすように、珠美センパイが声をだした。

「その前提で進むほうがいい、ということだろう」

珠美センパイは石のような表情をしていた。清正にこれ以上は訊いてくれるな、という
ニュアンスはあったけれど、彼女自身が何かを知っているふうではない。
「そう、それで、」
目をあげた清正くんが、再び口を開いた。
「ここからはまた推論じみた話になるが、聞いてくれ。ここは様々な思念が集まって、そ
れらが具現化したような世界なんだと、おれは思っていた。事故によって生まれてしまっ
た個人の不満や、思い残し、残留思念のようなもの、あるいは強い願いや、恨みとかもあ
るのかもしれない。そういうものが集まって、混ざり合い、こんな世界ができてしまった、
と。ただ……」
清正くんは首を捻《ひね》るような仕草をした。
「その推論に今、違和感を覚えるんだ。なぜなら、この世界はずいぶん秩序だって見える。
一の門、二の門があって、門番がいるなんて秩序そのものだ」
「だとしたら何なんだ？」
「この世界は、何かもっと強い力、例えばとてつもなく強いリーダーシップを持つ者に、
支配されているのかもしれない」
「……それって」
「最初に聞こえた声か⁉」

アキラと真一は顔を見合わせた。〝しゃべりすぎだ、ヒトミ〟と、どこからか聞こえた不気味な低い声に、ヒトミと名乗った女子は従っていた。あれは遠くから聞こえたようでいて、至近で囁《ささや》かれたようでもあった。

「……あの、」

と、遥香がまた声をだした。

「だけど遠足ってクラスで行きますよね。最初の子たちと、さっきの子たちは歳《とし》もちょっと違う感じがしたし、穴のところには、高校生くらいの女の子が来ましたよね」

遥香の発言にしては、ずいぶん的を射ていた。

「それは確かにそうなんだ」

清正くんが答えた。

「事故にあったのは小学四年生のクラスだ。後藤久典もそのときは四年生。小学四年生になったばかりのはずだ。さっきのあいつは、四年生に見えたか？」

顔を見合わせたサバイ部の面々は、それぞれ首を傾《かし》げた。ヒサノリくんの体格や言動は、四年生よりは大人びて見えた。

「おれとしては、魂が成長する者としない者がいて、見た目も同じように成長するんじゃないか、と思ってる。何でもありの世界だ。時間とは無関係に、それぞれがそれなりの姿になるまで成長するんじゃないか。ヒトミと名乗った女がいたろ？　実は〝瞳《ひとみ》〟という名も、事故に遭った四年生のなかにあったんだ」

「そうなの⁉」

「ヒトミさんは、わたしたちより年上に見えちゃいました！」

真一たちは清正くんを中心に、輪になって話す。

「あいつハ、イッタイ、何歳くらいなんダロウナ？」

久しぶりに聞こえたイントネーションの変な声は、輪の外側に向いていた。真一が振りかえると、磯山センパイが巨大な双眼鏡を、あらぬ方向に向けて構えている。

「ちょっと、何やってるの？　お兄ちゃん」

「アー。門が見えるゾ。さっきと同じ造りの門ダ」

真一たちは慌てて、磯山センパイが双眼鏡を向けている先に目をやった。緩やかにカーブする一本道の先には、確かに何かがあった。裸眼ではよくわからないが、双眼鏡だと門が見えるらしい。

「磯山《イソ》、そこに誰かいるのか？」

「アー。門番が一人イルナ。ヒサノリくんより年上に見えるゾ。あれは中学生カナ？　いや高校生くらいカナ」

「……それって」

「一の門より、手強《てごわ》くなるってこと？」

「マンガだと、たいていそうですしね」

「アー。何してるんダ？　アー！　こっちに気付いたゾ！　アー。何か並べ始めタゾ」

「並べる？　なんだそれ」

「ミンナ、報告スルヨ」

磯山センパイが双眼鏡から目を離した。メガネのレンズに丸く、双眼鏡の跡が付いている。

「男の門番が一人、こっちにコイ、って手招きしてマス。なんか並べてマス」

「手招きってことは……また彼と勝負したりして、彼の希望を叶《かな》えればいいってこと？」

「そうかもな」

頷いたアキラは、清正くんに向き直った。

「清正、おれは進むぞ。何か願いがあって、叶えてやれば成仏するやつがいるんなら、成仏させてやる。それで問題はあるか？」

「……おそらくは、ないが」

目を伏せた清正くんが答えた。覚悟を決めているようにも、何かまだ迷いを抱えているようにも見える。

「なあ、お前、さっきから、びびってんじゃねえか？　こっちに来たばっかりのときは、そんなんじゃなかっただろ。何をそんなに畏《おそ》れているんだ？」

「いや、畏れているわけではない」

「シッポを立てろよ、清正」

アキラは優しげに微笑《ほほえ》んだ。

「……ああ、そうだな」

返事をする清正くんに、珠美センパイが手を伸ばし、胸の前に抱きかかえるようにした。丸くなった清正くんは、普通の可愛《かわい》いハムスターのように鼻をひくひくと動かす。

「よし、じゃあ行くぞ！」

踵《きびす》を返したアキラを先頭に、一行は再び歩きだした。

◇

二の門。

磯山センパイの報告通り、そこには学生服を着た高校生くらいの男子がいた。が、普通の高校生ではなかった。

門の手前、地面に置かれた座布団の上に、彼は正座している。脚の付いた立派な将棋盤が置いてあって、そこに目を落としている。門前に到達した真一たちが取り囲むような形になっても、彼は将棋盤から顔をあげなかった。

「……あの、」

遥香が声をかけたが、彼はぴくりとも動かなかった。地面に座布団が置いてあって、そこに座っているというのは、奇妙でシュールだけど、似合うというか何というか、光景として成立している。

「これは、ある名人戦の棋譜だ」

突然、凛《りん》とした彼の声が、その場に響いた。

「七番勝負の第六局、前日に王手をかけられ、後がなくなった挑戦者は、その日も劣勢が続いていた。そしてここで絶体絶命のピンチを迎えた」

男の放つ独特の空気に呑まれ、真一たちは言葉もなく、立ち尽くした。

「挑戦者の読みでは、ここから十一手先だ。十一手先で詰まされ投了を余儀なくされる、と、本人は対局の後に語った」

直線が交互に引かれた将棋盤の上に、五角形の駒《こま》が並べられている。今、将棋盤の上で何が起きているのかは、真一にはわからなかった。どちらが挑戦者なのか、すなわちどちらの側が攻め、どちらの側が守っているのかもわからない。

「……ン？　あレ」

だが一人だけ、彼と会話ができる人物がいた。

「いヤ……違ウんジャなイカ」

「ほう、わかるのか」

盤上を見つめる男の眉《まゆ》が、わずかに動いた。手に持った扇子を、彼は、ぱたり、と動かす。

「そう。挑戦者には起死回生の一手があった。名人のミスにより生まれた、一発で逆転可能な手だ。実はそのとき、周りで見ていた者の全員が、その手に気付いていた。テレビの前で見ていた者さえ気付いていた。だけど当の本人だけが、気付かなかった。周りから見てどんなにわかりやすくても、当事者は気付かないことがある。勝負に限らず、人生とは得てしてそういうものかもしれないな」

ぱちり、と、彼は駒の一つを動かした。うん、うん、と磯山センパイが頷いたので、それが挑戦者の届かなかった〝起死回生の一手〟なのだろう。

「意識のなかに受容できるものは少ない。こんな小さな盤上のことですら、全《すべ》てを見通すことはできない」

男はそこで初めて顔をあげ、磯山センパイとアキラの顔を順に見た。

「それで、お前たちは一体、何を求める？」

「……門を通してくれ。それだけだ」

「この先に目的があるのか？」

「ああ、そうだ」

メガネの奥の細い目で、男はアキラをじっと見すえる。

「この先にあるのが〝闇《やみ》〟だけだとしてもか？」

「どういうことだ？」

彼はゆっくりとアキラから目を離し、駒を一つ動かした。

「まあ、それはおれには関《かか》わりのないことだ。おれは〝盤上の最善〟にしか興味がない」

また、ぱちり、と駒を動かす。

「これで詰み、だ」

顔をあげた彼に、真一は問うた。

「どうすれば通してくれるの？」

「そうだな、おれにこれで勝てば通してやる。但し二連勝だ。二回連続して勝てば、通してやろう」

ヒサノリくんのときと同じだった。彼に将棋で勝てば、この門を通れるようになる。

「じゃあボクがやるヨ」

いきなり前に進みでた磯山センパイが、置いてあった座布団の上に座った。

「さっさとヤろウゼ」

「承知した」

向かい合った二人は、互いに目を合わせることもなく、駒を並べ始めた。

「……勝てるのか、磯山《イソ》？」

「本物をやるのは初めテダガ、ボクの考えが正しければ、確実に勝テル。ここは任セロ。教室の日陰者が、ボッチであるがゆえに磨きに磨キ、積もりに積もってしまッタ、哀《かな》しき実力を見せてヤロウ」

何やら哀しい話だったが、センパイは自信ありげな様子だ。

確かにこの前、真一が部室に行ったとき、磯山センパイは携帯ゲーム機で熱心に将棋をしていた。だけどその程度で、こんな本格派っぽい人に勝てるのだろうか……。

「対局中は話しかけるなよ。おれに訊きたいことがあるなら、今、訊いておけ」

正座の体勢を数センチも崩さない彼が言った。

「あの、」

と、遥香が声をだした。

「あなたの名前は何ていうの？」

「根岸勇太郎《ねぎしゆうたろう》だ」

一の門を抜けた後の遥香は、なかなか鋭い発言を飛ばし続けていた。そのことに気付いた真一は、慌てて珠美センパイのほうに振り向く。アキラや他のメンバーも同じように顔を動かす。磯山センパイもそちらを仰ぎ見るようにした。

珠美センパイの手に抱かれた清正くんが、ゆっくりと頷いた。

「……間違いないか？」

アキラが問うと、清正くんは再び頷いた。

その名もあった、ということだろう。三十年前、事故に遭った者のなかに〝根岸勇太郎〟という名もあった。ということは……その彼の満たされぬ魂が、高校生になるまで成長し、今ここで駒を並べている……ということなのだろうか。

「あの、」

遥香がまた、果敢な様子で声をだした。

「根岸さんは将棋が好きなの？　何か望みはあるの？」

「望み……と言われれば、昔は棋士を目指していた。だが今はもはや、それすらどうでもいい。この盤上が全てだ」

根岸勇太郎は自陣の駒をいくつか手に取りながら言った。

彼の望みが〝棋士になりたい〟というものだったら、自分たちに叶えてあげられるようなことではなかった。かと言って〝盤上が全て〟と言われても、どうしようもないけど。

「では」

根岸勇太郎は盤の上に駒を振った。

〝歩〟が三枚に〝と〟が二枚——。

その行為が先手と後手を決める〝振り駒〟だと、テレビで将棋を見たことのある真一には理解できた。振った駒を自陣に戻し、二人はお互いに向かって礼をした。

「宜《よろ》しくお願いします」

「宜しクお願いしマス」

ぱちり、と優雅なしぐさで、根岸勇太郎が駒を進めた。先手、根岸、7六歩――。

ペチ、と、続いて磯山センパイが駒を動かした。後手、磯山、3四歩――。

2六歩《ぱちり》――、5四歩《ペチ》――、2五歩《ぱちり》――、5二飛《ペチ》――。

長考を挟むことなく、対局は軽快に進んでいった。真一の目には、どちらが有利に勝負を進めているのかわからない。だけど、どうしても根岸勇太郎が格上に見えてしまう。

根岸勇太郎は、すっ、と持ち上げた駒を、人差し指と中指を反らせた綺麗《きれい》な弧で保持し、ぱちり、と盤に打った。その洗練された仕草は美しく、厳《いかめ》しい。〝将棋を指す〟という言葉を体現する、見事な所作だ。

対する磯山センパイは、ペチ、と駒を動かすだけだった。駒をつまんで、動かし、置くというその動作はつまり、ちょっと速く動くUFOキャッチャーだ。

ぱちり、ペチ、ぱちり、ペチ――。棋士とUFOキャッチャーは、不釣り合いな音を交差させながら攻防を続ける。

「王手」

いきなり磯山センパイが言った。驚いた真一は盤面を確認したが、確かに磯山センパイの駒が相手の王将に狙《ねら》いを定めている。

「おい、お前」

ずっと盤面しか見ていなかった根岸勇太郎が顔をあげた。

「作法がなってないのは構わない。ただ、王手、と声にだすのだけはやめろ」

「……わかりマシタ」

確かに、テレビで見る将棋の対局で、王手、などと言う人はいない。ぱたぱたと扇子を煽《あお》ぐ根岸勇太郎は、そこで初めて長考した。それから自陣の王将を一マス動かした。

ぱちり——。

ペチ、と、すぐにUFOキャッチャーが王将を追撃した。

盤上に緊張感が増していくのがわかった。真一の目から見て、磯山センパイが押しているように見えるが、そのことを信じられない気持ちもあった。磯山センパイの普段の言動や行動も、その信じられない気持ちを後押しする。どうせこの攻勢も、そのうち終わるんじゃないだろうか。

ペチ——。

根岸勇太郎はじっと盤面を睨《にら》んだ。きっとここからの逆転を考えている彼の頭のなかで、駒はどのように動いているのだろう。幾つもの選択肢のなかで、彼はどのような〝最善〟

を選ぶのだろう……。

やがて数十秒間の緊張を解くように、根岸勇太郎は顔をあげた。そして磯山センパイに向かって頭をさげた。

「負けました」

えええええっ、とサバイ部の面々から驚きの声があがった。自分たちは磯山センパイを応援するべきなのだが、それは心からの驚きだった。

「嘘みたい！」

「ありえないです！」

「感想戦だ」

と、根岸勇太郎は冷静に言った。

真一たちが顔を見合わせたりしているなか、根岸勇太郎は駒を一つずつ動かしていった。こんなふうに先ほどの戦いを再現するようにして、勝負を振りかえるのを真一はテレビの対局でも見たことがあった。磯山センパイのほうは、忘れている手もあるようだったが、根岸勇太郎は全て覚えているようだ。

「ここだ。中飛車《なかびしゃ》は受けの要素が強い戦法だと思っていたが……」

「ふフふフフふふフフフ」

奇妙な笑い方をする磯山センパイが顔をあげると、きらーん、とメガネが光った。

「それは昨日までの話ダ。今、本日カラ、中飛車の逆襲が始まル」

いつの間に懐からだしたのか、磯山センパイが扇子をぱたぱたとやっていた。

「この戦法を、ゴキゲン中飛車と名付けヨウ」

「ほう……ゴキゲン中飛車か」

扇子を片手に盤面を見つめながら、根岸勇太郎は言った。

「ふざけた名前だが、お前には合っているかもしれんな」

——真一は後から知ったのだが、磯山センパイが勝つのは当たり前のことだった。ゴキゲン中飛車というのは実際にある戦法で、世の人は二〇〇〇年代に入ってから知ることになる。近藤正和《こんどうまさかず》さんという人によって編み出されたその牧歌的な名の戦法により、特に後手の勝率が飛躍的に伸びたらしい。それを知らない三十年前の人にならば、勝てるに決まっている——。

「名前はふざけているが、興味深い打ち筋だ」

根岸勇太郎は盤上を睨んだまま、さらに一手ずつ検証していった。盤上で起きたことを理解し、解析し、対策を練ろうとする気迫が、見た目にも伝わってくる。

「この攻め筋も見たことがない。斬新《ざんしん》だ」

検証を続ける根岸勇太郎の表情は冷静なまま変わらなかったが、喜んでいるようにも見える。

「ここもだ。角交換を恐れない、ということか」

「ゴキゲン中飛車は何も恐れナイ！　退《ひ》かヌ、媚《こ》びヌ、省ミヌ！」

「……ほほう。面白いな」

姿勢を正した根岸勇太郎は、すう、と一つ息を吐いた。

「では、もう一局だ」

「望むとこロダ」

二人は駒を並べていった。

「次は長くなるぞ」

と、根岸勇太郎が言った。彼の言うとおり、磯山センパイの先手で始まった次の勝負は、前回よりもお互いの考える時間が長かった。

ぱちり。

根岸勇太郎に二連勝すれば、この門を通れる。つまりこの局で磯山センパイが勝てば、この門は開くはずだった。真一たちは手に汗を握って、熱戦の行方を見守る。だけど盤上で何がおきているのかは、さっぱりわからない。

ペチ。

睦美ちゃんは退屈し始めたのか、伸びをして、辺りを見渡している。

「……あれ？」

睦美ちゃんは門のほうを見すえた。真一も、ちら、とそちらを見る。

「あれ？　あれっていいんですか？　え！」

「うるさイゾ、睦美！」

磯山センパイが盤上を睨んだまま、怒鳴った。

「男の勝負なんダ。黙っテロ！」

ぱちり。

場は再び静まり、盤を挟んだ二人の熱戦は続いた。磯山センパイはいつになく真剣な表情で、駒を睨んでいる。真一たちはその様子と、門のほうを交互に見やり、お互いに目を合わせて頷きあった。〝あの件〟に関しては、ひとまずこの場から離れて話したほうがよさそうだ。

勝負する二人を残し、五人は適当な場所まで移動した。

「あの、わたし見たんです。あの子、門の向こうから出てきたんです」

睦美ちゃんが小さな声をだした。さっきまで誰もいなかった門のところに、女の子がもたれかかるように立っている。

「……じゃあ今、門は開くってことかな？」

「ですよね。あの子も門番なんですかね？」

「そう考えるのが自然だけど……」

真一たちはひそひそ声で話した。

「ねえ、真一。あの子、こっちを見てない？」

女の子はちらちらと真一たちを見た。二宮先生が手なずけた小学生集団と同じくらいの上背の女の子だった。しばらくすると彼女は恥ずかしがってうつむく風情を見せた。

「アキラ部長センパイ、わたし、ちょっと彼女と話してきます。もしかしたらこのまま、門を通れるのかもしれないし」

「ああ。おれも行くよ」

「いえ。センパイたちはここにいてください。男の人がいると、彼女怯《おび》えちゃう気がするんです」

「そうなのか？」

「ええ。わたし、そういうのわかるんです。女子だけで行ってきます。行こう、睦美ちゃん」

「はい、行きましょう」

「では、わたしも行くか」

「あ、珠美センパイはここにいてください。怯えるといけないので」

「それはなぜだ？　新入生」

珠美センパイの鋭い眼光を受け流すように華麗にターンした遥香は、睦美ちゃんと一緒に門のほうに走っていった。

「二人で大丈夫かな？」

「大丈夫だろ」

「あの二人は、わたしのことを何だと思っているのだ」

門のところまで歩いていった二人は、女の子と何かを話し始めた。その姿をしばらく見守った後、アキラだけは対局の見学をするために、磯山センパイのほうに戻っていった。

◇

ペチ――。

真一と珠美センパイの背後で、将棋の第二戦は続いていた。長考を挟みながらの熱戦となっているようだ。門のほうでは遥香と睦美ちゃんが、身振り手振りを交えて少女と立ち話をしている。何を話しているのかはわからないが、彼女たちの姿は、このどんよりとした世界で、どこか華やかに映る。

やがて彼女たちは、門の扉の正面に向かっていった。遥香と睦美ちゃんが扉を引いたり、叩《たた》いたり、肩で押したりしたが、門は開かないようだ。女の子がまた身振り手振りで何かを説明する。

ぱちり――。

奇妙だが一貫しているこの世界の秩序は、依然として守られたままだ。門番が向こう側から出てくることはある。だけどこちら側から開けるには、この場合は勝負に二連勝するしかないのかもしれない。

突然、門の前から身をひるがえした睦美ちゃんが、遥香を残して、すたたたた、と真一たちのほうに走ってきた。将棋の邪魔にならないように、と、真一と珠美センパイはまた、対局から少し距離をとる。

「あの子、佐々木祐子《ささきゆうこ》ちゃんっていいます」

二人の前に立ち止まった睦美ちゃんが、前置きをすっ飛ばして報告した。睦美ちゃんの視線は二人にではなく、珠美センパイが腕に抱えたハムスターに向いている。真一も慌てて清正くんに注目した。

目を伏せたハムスターは静かに頷いた。

「それって……佐々木祐子って名前も、事故に遭ったメンバーのなかにあったってこと？」

念を押すように真一が訊くと、清正くんはまた頷いた。

「じゃあやっぱり、この世界と三十年前の事故は……」

「関係ある、と考えてよさそうだな」

クールに言った珠美センパイが、清正くんに目を落とした。ビーズのように綺麗なその目を見つめ、慈しむようにそっと撫《な》でる。

「あと、真一センパイ。やっぱりあの門は、許可がないと通れないです。試してみたけど、全然開きません」

「許可って、根岸勇太郎くんの？」

「はい。多分そうです。訊いてはいないですけど」

「じゃあ……もしかして佐々木祐子ちゃんも、根岸くんに告白しようとしてるのかな？」

「ええ？　どういうことですか？」

睦美ちゃんが怪訝《けげん》そうな顔を真一に向けた。

「そんなわけないじゃないですか、センパイ」

「え、だって一の門のときは――」

「さっきはそうだったかもしれないですけど、あの子はそういうんじゃないですよ。訊いてはいないですけど」

「訊いてみないとわからないんじゃないの？」

「いいえ、センパイ。女の子同士には、そういうのわかるんですよ」

睦美ちゃんは意味ありげな笑みを浮かべ、ふふふふ、と笑った。それから何かを思いだしたように、はっ、と顔をあげた。

「あ！　それでわたし、あの子とガールズトークしてきます」

「ガールズトーク？」

「はい。なので珠ちゃんセンパイも来てください。祐子ちゃん、魔女っ子な友だちもいるから、珠ちゃんセンパイみたいなのも平気だって」

「珠ちゃんセンパイみたいなの、とはどういうことか、妹よ」

「あ、それで、ちょっと待ってください」

珠美センパイの鋭い眼光を横顔で受け流しながら、睦美ちゃんは兄が対局しているほうに、そろそろと近付いていった。静かに歩を進めて付いていった真一も、二人の対局を覗《のぞ》き込んだ。

ぱちり――。

ちょうど根岸勇太郎が一手進めたところだった。両者ともじっと盤面を睨み続けている。序盤に比べたら随分ばらけた駒たちが、それぞれ相手の陣地に侵入している。反対側で、アキラがじっと勝負を見つめている。

「……お兄ちゃん」

睦美ちゃんが小さな声をだした。

「お菓子を二百円分と、レジャーシートと、ジュースをだして」

磯山センパイは、閉じた扇子を膝元《ひざもと》で握りしめたまま動かなかった。だがやがておもむろに、服のボタンを二つ外した。そして盤上を見つめたまま、二百円分くらいのお菓子と、ジュースと、レジャーシートを地に置いた。妹が遊びに行くとでも思ったのか、これも持っていけ、という感じに、サイコロをそこに加える。

「……ありがとう、お兄ちゃん」

返事の代わりみたいに、ペチ、と磯山センパイが駒を進めた。睦美ちゃんはお菓子とレジャーシートとジュースを回収し、そろり、そろり、と後ずさった。真一も何故だか地に残ったサイコロを回収し、静かに後ずさる。

「じゃあ真一センパイ、行ってきますね。行きましょう、珠ちゃんセンパイ」

「ああ。清正を頼む」

珠美センパイが差しだした掌《てのひら》から真一の肩へ、清正くんがひょいと飛び移った。そのまま歩きだした睦美ちゃんと珠美センパイは、門のほうに近付いていった。

肩の上のハムスターと一緒に、門のところで合流する女子四人を眺めた。四人は楽しそうに何かを話している様子だ。

しばらくすると、祐子ちゃんが指差した方角に、四人は歩き始めた。ちょうど真一の視界から外れるあたりで、シートを広げた。

あそこでシートに座って、お菓子を食べながら、ガールズトークをするのだろうか……。

「なんか、楽しそうだね」

清正くんに話しかけたのだが、返事はなかった。というより彼は、こちらの世界の住人のいるところでは、ほとんどしゃべらず、普通のハムスターのように振る舞っている。

肩に清正くんを乗せたまま、対局を続けている磯山センパイのところに戻った。ともかくこの勝負に磯山センパイが勝てば、サバイ部は門を通れる。将棋盤を見下ろした真一だが、戦況は今ひとつわからなかった。

ぱちり——。

アキラは勝負の行方を睨み続けている。

ペチ——。

「ねえ、状況はどう？」

「……………」

小声でアキラに訊いたけど、答えは返ってこなかった。代わりに質問が飛んできた。

「裏返した駒は元には戻せないのか？」

「えっ？」

いきなり質問された真一は驚いてしまった。一度〝成《な》った〟駒を元に戻せないのは当然だけど、それより、もしかしてアキラは、今、将棋を覚えようとしているのだろうか。

「……戻せないけど」

「そうか、なるほど」

「ねえ、もしかして、今、将棋を覚えようとしてるの？」

「ああ」

将棋盤から目を離さず、アキラは真剣な表情で頷いた。

まじか、と驚いたし、さすがに無理だ、と思ってしまったけれど、アキラはそういう男だった。いざというときは自分が指そう、と本気で思っているのだろう。

ぱちり――。

肩の上で清正くんがぴくっと身じろいだ。

「……わかるの？」

清正くんは答えなかった。盤を睨む磯山センパイが、二度、三度、と扇子を振る。また二度、三度、と扇子を振る。また二度、三度と扇子を振る。

「まいりマシタ」

突然、磯山センパイが投了した。真一には突然に思えたけれど、そうではなくて、もうずっと前からセンパイの敗色は濃厚だったのかもしれない。頭を下げあった二人は、それから無言で駒を戻していく。

感想戦――なのだろう。

二人はさっきと同じように駒を動かし、小さな声で何かをぶつぶつと言い合った。こう、ここはそう、うん、ああ、そう、うんそうだ、というような、互いにしかわからない言語でコミュニケーションをとっている。

一勝一敗だった。根岸勇太郎がだした条件は彼に二連勝するというものだから、これで振り出しに戻ってしまったということになる。磯山センパイがこれから二連勝するとしても、終わるまでにはかなり時間がかかりそうだ。

「お願いします」

感想戦を終えた二人は、お辞儀を交わし、再び対局を始めた。二人はすぐに勝負に没頭し、観戦するアキラも真剣だった。遠くからときどき、女の子たちの笑い声が聞こえる。

真一は門のほうを見やり、少し考えた。ついさっき、あそこから佐々木祐子ちゃんが出てきた。念のためにもう一度、門の動作を試してみたほうがいいかもしれない。

「……見てる？」

小さな声で清正くんに訊いた。微《かす》かに頷いた清正くんを、アキラの肩にそっと乗せてやる。

その場を離れた真一は、一人で門のほうに向かった。古めかしく見える木製の門だが、厳かな存在感がある。門の右のほうでは、女の子たちがレジャーシートを敷いて、何やら楽しそうに騒いでいる。

辿《たど》り着いた門の正面に立ち、そっと扉に触れてみた。

やはりそれは壁のようなもので、押したり引いたりしてもまるで動く気配がなかった。

力が足りないとかそういうことではない。引き戸をどれだけ押しても開かないのと同じ感じだ。

理屈はわからないけれど、この世界は秩序だっていた。門番の許可がなければ、門は開かない。事故に遭った子どもたちの願いを一つ一つ叶えてやらなければ、前には進めない。

あの深くて暗い声の持ち主が、この世界を統べているのだろうか。ということは最終的に、彼の願いを叶えてやれば、翠ちゃんに会えるのだろうか。あの声の主も、事故に遭った子どもの一人なのだろうか……。

門に手をあてながら、真一はふと、そのことに考えが及んだ。残されし者。サバイバーズ・ギルト……。

三十年くらい前、小学生を乗せたバスが大事故を起こした。清正くんは〝ほとんどが亡くなるほどの事故だった〟と言った。ほとんど、ということはつまり、生存者がいたということだ。生存者……。

だったらその人は今、何をしているのだろう……。

「ねえ、真一」

いつの間にやってきたのか、背後から遥香の声が聞こえた。振り返った真一の目の前で、遥香が両手の指を組むようにしている。何だかいつもより、表情が艶《つや》っぽい気がする。

「どうしたの？　遥香」

「あのね、真一に、お願いがあるんだけど」

「なに？」

「デートして」

「……え？」

「真面目《まじめ》にデートっていうか、本当にデートしてほしいの」

驚く真一の前で、遥香は少し首を傾げるようにした。

「だめ？」

「いや、だめっていうか、今？」

「うん、今。これから」

「や、でもこんなときなのに、みんなもいるし突然すぎるし、だいたいどこに行くの？

それに今はまだ」

「突然すぎてごめんね。ラブラブで可愛い感じのデートにしたいの」

「ええっ？」

「まずは待ち合わせから。いいでしょ？」

真一の戸惑いをものともせず、遥香はぐいぐいと話を進めていった。

どんよりした世界の真ん中で、遥香の笑顔がまぶしかった。

◇

「真一くん、お待たせ」

「ううん、僕も今、来たところだよ」

もたれかかっていた大きな木から離れ、真一は爽やかな笑顔を作った。そこは将棋の対局場所からも二の門からも、遠く離れた場所だ。

待ち合わせに指定されたのは、大きな栗《くり》の木の下だった。門のところから左右にけもの道のようなものが延びていて、右に進んだほうでは女の子たちがレジャーシートを広げていた。一人、左に進んだ真一はやがて、突然現れた大きな栗の木を見つけた。夢のなかみたいというか、わざとらしいというか、何となく嘘くさい光景だった。

それでもこれから、真一はデートをするらしい。初めての経験だった。つけてもいない腕時計を覗き込む動作をしてみたり、誰もいないのに辺りをきょろきょろと見回したりしながら、五分くらい待った。

「あの、今日はよろしくお願いします」

「うん、こちらこそ、よろしくね」

ぺこり、とお辞儀をする相手に合わせて、真一もお辞儀をした。

相手を緊張させないように、優しく、楽しげで、足取りも会話も弾むような素敵なデート。何年か経ってもその日のことをふんわり思いだせるような、初めてのデート。遥香にはそんなふうにリクエストされていた。

「お腹《なか》は空《す》いてないよね?」

「はい、大丈夫です」

にっこり笑う彼女は、あまり緊張しているようには見えなくて、真一はほっとした。

「じゃあ、祐子ちゃん。この辺りを散歩しようか」

「はい」

デートの相手は遥香ではなく、小学生の佐々木祐子ちゃんだった。てっきり遥香とデートするものと思っていた真一は、自分の勘違いに気付いて思いきり動揺した。しかし遥香はそれには一切気付かず、お願いを具体化していった。

——え! 祐子ちゃん!?

——そう。彼女と普通のデートをしてほしいの。

——普通のって、どういう……。

——普通に、一人の気になる女の子として、祐子ちゃんとデートしてほしいの。

――でも祐子ちゃんって、小学生でしょ？

――うん、祐子ちゃんはまだ小さな女の子だけど、誰も真一のことを、そういう趣味のアレだと思わないから心配しないで。

――えええっ！

――あのね、それが彼女の願いなの。彼女、一度、デートをしてみたかったんだって。

――願い……。

――誰でもいいわけじゃないの。でも真一ならいいって。

――僕と祐子ちゃんが、デート……。


恋に恋するような少女と、ごっこみたいなデートをする。

遥香の口調は真剣だったし、〝願い〟という言葉は、この世界では特別な意味を持っていた。もしそれが彼女の思い残したことなら、真一の責任は重大ということになる。彼女だって二の門の門番なのかもしれない。

だけどいきなり、こんな知らないところで、知らない女の子とデートするなんて、真一にはうまくできる自信がなかった。デートにあこがれる少女を、自分が満足させることなんてできるのだろうか……。

遥香はあれやこれやとアドバイスしてくれた。実際、ここまで真一が発した台詞《せりふ》は、全部遥香に教わったものだ。

「じゃあ、行こうか。祐子ちゃん」

「はい!」

二人は並んで歩きだした。遥香に教わったのはここまでだった。あとは雰囲気の良いフリートークで、と、最後に遥香は真一の肩を叩いた。

不安を抱えた真一だったが、嬉《うれ》しそうに微笑む彼女に、少し安心もしていた。楽しくやればいい。相手は小学生の女の子なんだから、それこそ翠ちゃんと遊んでいたときのように、楽しく時間をすごせばいい。

「少し霧がかかっているね」

「うん」

祐子ちゃんの歩調に合わせて、真一はゆっくりと歩いた。細い下り道の先はかすんでいて、どこに繋《つな》がっているのかはわからない。しばらく歩いても、景色は変わり映えしない。

「足下、気をつけてね」

「うん」

返事をする彼女の声は明るかった。だけど霧が濃くなってきたので、そろそろ引き返したほうがいいのかもしれない、と思い始めた頃だった。

湖——。先の光景に驚いた真一は足を止めた。細い道の先の視界が、ぽっかりと開けている。いつの間にか、霧も晴れている。目の前で大きな湖が水をたたえている。

「わあ！」

祐子ちゃんの無邪気な声が聞こえたけど、真一はたじろいでいた。そんなわけはなかった。延生山のなかに池や湖があるなんて聞いたことがないし、もちろん見たこともない。こんなところに湖があるわけはなかった。

それは向こう岸がぼやけるほどの大きな湖だった。湖岸に小さな桟橋があって、手こぎボートがいくつか係留されている。奇妙な世界に突如として、絶妙なデートスポットが現れた、という感じだ。

湖岸を見つめる祐子ちゃんの目が輝いていた。真一の視線にもまるで気付かない様子の彼女の横顔を見ていると、どうしてこんなところに湖が、という疑問が次第にどうでもいいことのような気がした。どんなデートにすればいいのか、いまいちわからなかったけれど、彼女を喜ばせたいという気持ちが、真一のなかで育ち始めている。

「祐子ちゃん」

「はい」

彼女が振り返るのを待ち、真一は誘った。

「ボートに乗らない？　一緒に乗ろうよ」

「うん！　乗りたい」

祐子ちゃんは満面の笑みを見せてくれた。

「行こう！」

二人は駆けだすように、湖岸に向かう。

桟橋の先で、真一は先にボートに乗り込んだ。揺れるボートに躊躇《ちゅうちょ》する祐子ちゃんの手を取って、せーのっ、と声をかけてやる。二人が乗り込むとボートが揺れ、湖岸に波紋が広がる。

「祐子ちゃん、大丈夫？」

「はい！」

誰もいない湖岸に、二人の声が響いた。二人が黙ると、ちゃぷ、ちゃぷ、と水がボートを叩く小さな音が聞こえる。

「じゃあ行くよー。落ちないように気をつけてね」

ボートに座った真一は、オールを構えた。誰もいない湖の中心に向かって、真一は漕《こ》ぎだす。ぎち、ぎち、ぎち、と漕ぐたびに、オール受けが音をたてる。

往《ゆ》く先なんてなかったから、出発した桟橋を見失わないように、ぐるっと円を描くように漕ぐつもりだった。ボートが傾いたり、揺れたりすると、祐子ちゃんが小さな声をあげる。舳先《へさき》に摑《つか》まった彼女は、前方を見つめたり、周りを見渡したり、湖水を覗き込んだりする。

かつて真一は、翠ちゃんを守ろう、と決めた。翠ちゃんと遊び、翠ちゃんと笑い、翠ちゃんと多くの時間を過ごした。翠ちゃんのために、物語を紡いだ。

感傷的な気分と一緒に、真一は慣れない動作でボートを漕ぐ。

ぎち、ぎち、ぎち、ぎち――。

普段は使わない筋肉を使うからか、すぐに疲れてしまった。それでも祐子ちゃんの嬉しそうな笑顔のために、真一は頑張ってボートを漕いだ。今、湖のどの辺りにいるかはわからなかったけれど、振りかえれば桟橋がずいぶん小さく見える。

会話は少なかったけれど、祐子ちゃんは楽しんでいるようだ。

「ちょっと休憩するね」

真一はボートを漕ぐ手を休めた。オールが水を叩く音が止《や》んで、複雑に交錯する波紋がやがて消えていく。ふう、と、真一は息をついた。

「祐子ちゃんも漕いでみる？」

「ううん」

こちらを向いて座った彼女が、首を振った。一瞬目が合ったけれど、彼女はすぐに目を伏せてしまった。ちゃぷん、と、水がボートの側面を叩く。

広い湖上には二人しかいない、というのが不思議な気分だった。彼女は膝の上に置いた自分の手を、じっと見つめている。

「祐子ちゃんは、ボートに乗ったことはあるの？」

「いいえ、初めてです」

断片的な会話ばかりで、まだ二人は本当には打ち解けていない。祐子ちゃんがどんな子なのか真一はまだ知らないし、彼女はやっぱりまだ緊張しているのかもしれない。

「ボート、楽しい？」

「はい」

相手を緊張させないように、優しく、楽しげで、足取りも会話も弾むような素敵なデート。何年か経ってもその日のことをふんわり思いだせるような、初めてのデート。

「あのね、僕は凄《すご》いボートレースを見たことがあるんだ」

「ボートレース？」

そんなデートにするには、漕いでいるだけでは足りなかった。

「六年に一度の、大銀河ボートレース。実況は、キョー・ムラサメって人だった。あんまり凄かったから、実況を全部覚えてるんだ」

彼女の緊張をほぐすため、真一は即興物語《インプロビゼーション・ロマンス》のギアをゆっくりと繋いでいく。

「さあ、ついにやってきました。六年に一度の大レース！　実況は私、キョー・ムラサメ。よろしく、どうぞよろしく。さあさあ、ただいま各艘《そう》、一斉にゲートイン！　スタートの号砲を鳴らすのは、マルゲリートシティ前市長のトンプソン夫妻。鳴るか？　まだ鳴らないか？　そろそろ鳴るか？　どーーん！　鳴った！　各艘、一斉に、飛びでた、飛びでた、飛びだしましたぁ！」

　力を込めてオールを一漕ぎすると、二人のボートが浮遊するように湖上を滑った。驚いたような表情をした祐子ちゃんが、真一の顔を見つめている。

「先頭はコールマン＆ランデルマン、それを追う三艘、さらに後方より四艘が追う展開！　あーっと上位に変動がー。ここで優勝大本命の、テキサスブロンコブラザーズが出てきた。超ウルトラ野獣パワーコンビの、ミラクルハイスパートぉーっ」

　また一漕ぎすると、祐子ちゃんが、きゃははっ、と笑った。

「さあここで、注目チームにカメラが寄るぞー。三番手は奇蹟《きせき》の姉妹、何故、君たちが速いのか！　スウィンギングシスターズ。続いてプッシュアップ四百回、ベンチプレス百五十kg、マッチョ君、マッチョ君、マッチョ君。マッチョ君一号とマッチョ君二号が波を割って漕いでおります」

　即興物語のギアをトップに入れ、真一は語り続けた。

「続いては、一人というには大きすぎ、二人というには人口の辻褄《つじつま》が合わない！　世界八番目の不思議、一人ガリバーシンドローム、大巨人にして人間山脈、ジャイアントマシーンズ！　その後ろにいるのは偶然か、それともプライドか。ちっちゃいからってなめんなよ。ポックルスターA、そしてB。その後ろは動力が謎《なぞ》すぎる、無念無想のグレゴリオチームが、何やら妖《あや》しい動きで前方を窺《うかが》います。さあ、しかしここでひときわ大きな歓声。みんなのヒーロー、マシュマロマンが上がってきたぞ。ビートルズは兄貴のお下がりだった。ウッドストックには早すぎた。だけど僕らにはマシュマロマンがいるッ」

なかなか目を合わせてくれなかった祐子ちゃんが、今は目を輝かせて真一の顔を見ている。

「理論、実践、反証、研鑽《けんさん》！　天才ドクターとその弟子が前方を窺う。日出《い》ずる国からエントリー、ロボット相撲《ずもう》八年連続制覇、鳥人間コンテスト初代チャンピオン、よろしくメカドックコンビッ。そして、かつて熱く生きた漢《おとこ》がいた。荒ぶる街キシワダから、僕らの兄貴もやってきた。カオルちゃんとカズくんだ！」

あははは っ、と笑う祐子ちゃんに合わせて、真一はまたすいーっ、とボートを滑らせた。

「さあ、レースも終盤に来て、後方に黒い展開。ホーク大魔王と入れ知恵男爵が悪いことをしてでも、上位を窺う。転覆！　転覆！　先を行くボートを次々転覆させていく。何をしているのかわからないけど悪い！　悪い悪い！　悪すぎるぞーっ」

ぎち、ぎち、ぎち、と真一はボートを漕いだ。

「トップに立ったのは、ホーク大魔王と入れ知恵男爵、っと思ったら、転覆ーっ！　悪いやつにはバチが当たる。これで全艘転覆ーっ、と思ったら最後方からやってきました。よいしょ、よいしょ、よいしょ、よいしょ、よいしょ」

かけ声に合わせて二人のボートは進んだ。

「今日が初デート、川瀬真一と佐々木祐子ちゃんの、仲良しコンビが今、今、今ゴールイン！　おめでとう！　おめでとう！　おめでとう！」

手を叩いて喜ぶ祐子ちゃんに、真一も漕ぐ手を止めた。そのまま祐子ちゃんとハイタッチすると、ボートが大きく左右に揺れた。うわっ、うきゃあ、と二人は騒いだ。

笑いながら、二人はすっかりリラックスしていた。

◇

「わたし、ずっとこういうのに、あこがれてて」

ボートに座ったままの祐子ちゃんが、真一を見ながら饒舌《じょうぜつ》に話した。

「少女マンガみたいなデートを、いつかしたいなって」

「へー、少女マンガ好きなの？」

「はい、ヒトミちゃんやアキコちゃんと、順番に雑誌を買って回し読みしてます」

「へえー」

ヒトミちゃんというのは、もしかして落とし穴のところに現れたヒトミさんのことなのだろうか……。そしてアキコちゃんという友だちもいるのだろうか。

「わたし、自分の好きな人は、今いないんですよ。人の相談ばっかりのってて、この前もミユキちゃんがヒサノリくんのこと好きっていうから」

「ヒサノリくんって、ベーゴマが上手《うま》い子?」

「知ってるんですか?」

「うん、ちょっとね。ミユキちゃんも知ってるよ。祐子ちゃんが相談にのってあげてたんだ」

「はい」

祐子ちゃんが、小さな恋物語を教えてくれた。ヒサノリくんのことが好きなミユキちゃんを、祐子ちゃんは応援し、告白を手伝った。結果はまだわからないけど、もう少ししたらヒサノリくんが返事をくれるらしい。不安で不安で緊張してばかりいるミユキちゃんを、祐子ちゃんは毎日、励ましているのだという。

「そっか……」

真一は湖面を見つめた。祐子ちゃんの話と、消えた二人の物語が繋がっていく。光と同化するように消えた二人の嬉しそうな表情は、今も真一の脳裏に焼きついている。

「その恋はきっと……うまくいくよ。きっと祐子ちゃんのおかげだよ」

「うん、だといいけど」

祐子ちゃんは少し微笑み、湖を見渡した。真一は泣きそうな気分を、ぐっと堪《こら》える。

「……友だち思いなんだね、祐子ちゃんは」

「そんなことないですよ。わたしはただ、そういうのが好きなだけで」

「そういうのって？」

「恋する女の子の相談にのって、上手くいくように応援してあげるのが好きなんです」

何となくわかる気がした。友だちと恋バナをしまくり、相談にのり、相手は誰が好きとかを調べたり、いくつかのカップルを作ったりしていた女の子。きっと祐子ちゃんは、クラスに一人は必ずいる恋愛リーダーのような存在なのだろう。

「祐子ちゃんにはちょっと気になるクラスメイトとかもいないの？」

「んー、前までは、マコトくんがいいかなって思ってたんだけど……やっぱり年上がいいっていうか……。マコトくん、まだ子どもで、クソガキだから」

「クソガキ？」

同級生なのにひどい言われようだな、と真一は少し笑ってしまった。

「クソガキですよ。この前なんか、給食で一個余ったプリンのことで、タケシっていうクソバカと昼休みに決闘してたんですよ。プラスチックのバットで殴り合って、その後、二人で先生に正座させられてました。いつか好きな人とデートしたいって思ってたけど、先生に正座させられるような人と、デートしたくないし」

あははは、と真一は笑った。

「わたし、好きな人ってよくわからなくって。ミユキちゃんとかヒトミちゃんみたいに、恋したいのに」

「……うん、でもさ、」

そのうち祐子ちゃんにも好きな人ができるよ、と続けようとした真一は口をつぐんだ。

そのうち、という日が訪れないことだってある。理不尽な事故が未来を、無情にもぎとってしまうことだってある。

祐子ちゃんだって……。

湖面のゆらめきを見つめながら、真一はやりきれない思いに包まれていた。祐子ちゃんの〝いつか〟は、永遠に失われてしまったのだ。

「ねえ、真一くん」

「ん？」

「真一くんには好きな人がいるの？」

祐子ちゃんは無邪気な笑顔で訊いてきた。小首を傾げながら真一を見つめる祐子ちゃんが、心なしか大人びて見えた。

「……うん。いるよ」

「両思いなの？」

「ううん」

真一は苦笑しながら首を振った。二人のボートは、凪《な》いだ湖面に静かに漂う。

「僕の好きな人は、僕とは別の人が好きなんだ」

「それって……つらい？」

「そうだね。でも、もう慣れたけどね」

深刻な表情で心配をしてくれる祐子ちゃんに、真一は笑いかけた。さっき遥香にデートしてほしいと言われて舞い上がっていた自分は、とても間抜けだったな、と思いながら。

「別の人っていうのが、僕の親友なんだ。だからもう、つらくはないかな」

「え……でも、それって」

祐子ちゃんは眉根《まゆね》をぎゅっと寄せた。

「それって、逆じゃないの？　自分の好きな人が、自分の親友を好きになっちゃったら、わたしだったら凄くつらいと思う。その子が、他の知らない誰かを好きになるより、つらい気がする」

「そうなのかな」

真一にだって嫉妬《しっと》したりする気持ちはあった。遥香が好きなのがアキラじゃなかったら、こんなに苦しくなかったかもしれないし、逆にもっと苦しくなるのかもしれない。というより実は、相手は誰だって同じなのかもしれない。

「それに真一くんは、その親友のことを、嫌いになっちゃわない？」

「ううん。それはないよ」

遥香の態度がずいぶんあからさまだから、ときどき心が折れそうになることがあった。だけど遥香がアキラのことを好きでも、真一の恋心がなくなるわけではない。そしてアキラへの気持ちが変わるわけでもない。

「僕はアキラのことを嫌いになんかならないよ。絶対に」

実際、遥香の〝アキラのことを好き〟という気持ちが、真一にはよく理解できてしまった。もしかしたら誰よりも理解してしまうかもしれない。彼だったらしょうがないというか、つまり真一と遥香は、どこかで同じ気持ちをもっているのだろう。

「アキラっていうの？　その人」

「うん。小さい頃からの親友で、信頼してるんだ」

「ふーん」

祐子ちゃんは真一の顔をじっと見た。

「じゃあ、その親友のためなら、真一くんは、自分の恋をあきらめられる？」

「いや、今のところ、アキラはその子のこと好きなわけじゃないから。多分」

でも……アキラが遥香のことを好きになったら、どうすればいいんだろう。自分はそのとき、冷静でいられるのだろうか。もしも真一の気持ちを知ったら、アキラは何て思うだろう。

「恋って、ままならないものだね、真一くん」

急に動揺してしまった真一を見透かしたように、祐子ちゃんが言った。

「せっかく好きな人ができても、好きでいるだけで、気持ちが通じるわけじゃないし。相手が違う人を好きなこともあるし」

「そうだね」

恋は苦しくて、ままならなくて、いいことなんて何もないのかもしれない。

「でもね、真一くん」

真一を諭すような調子で、祐子ちゃんは言った。

「それでも好きって思えるのは、幸せで、素敵なことだと思うの」

「……うん」

「相手のことを想《おも》うだけで、どきどきしたり、わくわくしたり、楽しかったりして。それだけで世界の色が変わったように感じて、幸せで、優しい気持ちになれる。頑張ろうって思ったり、素直になろうって思ったり、勇気をだそうって思ったりする」

湖面に吹いた柔らかな風が、祐子ちゃんの前髪を少しだけ揺らした。

「わたし、好きな人はまだいないし、できたとしても告白できるかどうかなんてわからないけど……、でも一つだけ決めてることがあるんです」

真一から目を離した祐子ちゃんは、穏やかな湖面を見つめた。

「もしも——」

小学生の女の子の声が、この世界に艶やかに響いた。

「もしも、わたしの恋が叶ったら、その恋を大切にしたいなって」

とても小さくて、ささやかで、優しい願いだった。それは祐子ちゃんならきっと叶えられるはずの、清らかで愛《いと》おしい祈りだ。泣きそうな気分に包まれながら、真一は目の奥に力を入れてそれを堪える。

こんなにささやかで、優しい願いや祈りですら、もう永遠に叶わないのだろうか……。

「ねえ、真一くん」

にっこりと笑った祐子ちゃんが提案した。

「ここで、お菓子食べようよ」

「うん……食べよう」

言葉を詰まらせながら、真一は頷いた。祐子ちゃんが肩にかけたポシェットのなかから、ポッキーの箱を取りだす。

「このポッキー、箱がちょっと変わってますね。この紅茶も容《い》れ物《もの》が変わってますよね。プラスチック?」

磯山センパイが持っていたポッキーと、紅茶のペットボトルだった。昭和の頃から比べればずいぶん変遷を遂げたパッケージが、祐子ちゃんには珍しく見えるのだろう。

「はい、真一くん」

「ありがと」

子どもっぽくはしゃぐ祐子ちゃんと、それからしばらく湖上で時間を過ごした。湖面にときどき波紋を描きながら、ごっこみたいなデートの時間は静かに流れる。

「ねえ、これ。こうやって食べたい！」

クラスの恋愛リーダーみたいな祐子ちゃんは、なかなか寸止めな感じのリクエストを繰りだしてきた。二人でポッキーを両側からゆっくり食べるというやつ。真一はちょっと照れながら、そのリクエストに応《こた》える。

それからペットボトルを回し飲みして、間接キスだね、と言われた。長いまつげに澄んだ瞳で上目遣いで見つめられ、男の人って結局ぶりっこが好きなんでしょ？　とも言われた。肩を寄せ合うと、祐子ちゃんは頭を肩に乗せてきた。そのあいだ真一は何度も、（いやいやいや、相手は小学生だし！）と心に言いきかせる。

「祐子ちゃん、大丈夫？　ゆれて怖くない？」

「うん、大丈夫」

最後に二人でオールを漕いで、元いた桟橋を目指した。デートの名残りを惜しむように、ボートはゆっくりと水を切って進む。

ている。

祐子ちゃんの手を取り、桟橋にあがった。ボートを舫《もや》う真一を、祐子ちゃんがじっと見ている。

「じゃあ、みんなのところに帰ろうか」

「はい」

二人は自然に手を繋ぎ、仲良く歩きだした。

来た道を戻っていくと、すぐに霧が濃くなってきた。一度振り返ってみると、湖はもう見えなかった。

「楽しかったです、今日」

「そっか、よかった。僕もすごく楽しかったよ」

ずっと濃かった霧が、やがて薄らいできた。祐子ちゃんの手を握る真一のなかに、少しずつ緊張が芽生えてくる。祐子ちゃんの手は、こんなにも確《リアル》かで、こんなにも温かい。だけど……。

もうすぐこのデートも終わる。祐子ちゃんの思い残しがこのデートで、願いが叶ったのだとしたら、これからどうなってしまうのだろう。

「あ。あれ、遥香ちゃんかな？」

「本当だ」

「気をつけてね」

遠く、薄い霧の向こうで、誰かが手を振っていた。はっきりとは見えないけれど、仕草からして多分、遥香だろう。

「あの、」

祐子ちゃんが足を止めると、二人の手は自然に離れた。

「わたし、今日すごく楽しかったです。遥香ちゃんたちと、久しぶりに好きな人の話とかしたし、それに真一くんとデートできたから」

すっかり満足したような表情で、祐子ちゃんは笑った。

「わたし、デートするの初めてで。初めての相手が真一くんでよかった」

その予感が一気に膨らみ、真一はうまく呼吸ができなかった。

「これから誰かのことを好きになっても、今日のことはずっと覚えてる。大人になっても、ときどき思いだしたりすると思うし」

見上げる彼女の優しげな微笑みが、真一の瞼《まぶた》に強く焼きつく。

「真一くんも、遥香ちゃんに思いが届くといいね」

「えっ⁉」

驚く真一の腕を、祐子ちゃんがそっと掴んだ。ゆっくりと真一を引き寄せるようにして、内緒話をするときのように顔を近付けた。

「ありがとう、真一くん」

温かで湿った感触を、頬《ほお》に感じた。顔を離した祐子ちゃんは、はにかむように笑った。

彼女のキスの感触が、真一の右頬に優しく残る。

「本当は唇にしたかったけど、それはまだ、大切な人のために取っておきます。わたし、真一くんと会えてよかった」

予感していたことが今、現実に起こりつつあった。

「僕も……僕もだよ。ありがとう、祐子ちゃん！　ありがとう！」

霧と同化するように、祐子ちゃんが消えていく。笑顔のまま、静かに消えていく。

「待って！　覚えてるよ！　僕が初めてデートしたのは、祐子ちゃんっていう可愛らしい女の子で！　ちょっと不思議で、優しくて、その子とのデートは凄く楽しくて、僕らは一緒にボートを漕いだんだ！　ずっと覚えてるよ！　忘れないから！」

「ありがとう、真一くん――」

「祐子ちゃん！」

彼女に向かって伸ばした真一の手が空をきった。

「祐子ちゃん……あ……あ」

膝から崩れ落ちた真一の目の前に、祐子ちゃんはもういなかった。さっきまで笑っていた彼女が、この世界からきれいに消えてしまった。上下左右を見回しても、どこにもいない。

「どうして……どうして、こんな……」

ぽたぽたと涙がこぼれ、やがて真一は大声をだして泣いていた。今はもう、頬にわずかに残る感触だけが彼女の全てだ。

彼女はもっと生きるべきだった。彼女はもっと生きたかっただろうし、事故なんて起こるべきじゃなかった。もっと生きて、ささやかで優しい願いを叶えて欲しかった。

もしも、わたしの恋が叶ったら、その恋を大切にしたいなって――。

事故なんてなければ、彼女はきっと綺麗な女の子になって、デートだっていっぱいできただろう。何度も笑い、何度も相手の手を取り、きっと素敵な恋ができただろう。どうしてそんなささやかな願いが叶わないのだろう。

「……真一」

膝をついて泣き続ける真一の肩越しに、遥香の声が聞こえた。

「もう泣かないで、真一」

とんとん、と真一の肩を叩く遥香も、涙声になっている。

「ねえ、遥香」

鼻水をすすりながら、真一は問うた。

「僕は……、彼女の願いを、叶えてあげられたのかな」

「うん、きっとそうだよ」

遥香が泣きながら、うんうん、と頷く。

「あの子、言ってたよ。真一みたいに、優しい感じの男の子がタイプなんだって。だからきっと嬉しかったんじゃないかな。あの子、わたしたちの相談にものってくれたんだよ」

また涙があふれてきた。うつむいて下唇をかみ、真一は拳《こぶし》を強く握りしめる。

「祐子ちゃんはきっと、嬉しかったんじゃないかな」

遥香が真一の頭をそっと抱きしめた。

二人はしばらくの間、静かに涙を流した。

◇

真一と遥香は長い道を歩いた。

「みんなは？」

「将棋見てるよ」

「どうして遥香だけ来たの？」

「珠美センパイがわたしに、行ってやれって」

「そっか……」

二人は門のところまで戻ってきた。磯山センパイと根岸勇太郎が勝負を続けていて、その周りをサバイ部の面々が取り囲んでいる。頷きあった二人は、その輪へ加わる。

真一に気付いたアキラが、そっとつぶやいた。

「一進一退だ。どっちも二連勝できてない。さっきは磯山《イソ》が勝ったんだが」

「……そっか」

真一は将棋盤を見つめた。祐子ちゃんのことがまだ頭にいすわっていて、緊迫したこの勝負の切実さにいまいち現実感がもてない。

ぱちり――。

根岸勇太郎が竜王を動かし、金を取った。磯山センパイが、ぱたぱたと扇子を振る。また、ぱたぱたと振る。また、ぱたぱたぱた、と扇子を振る。

「まいりまシタ」

磯山センパイが頭を下げ、投了した。これでまた何度目かの振り出しに戻ったということだ。

気落ちした様子の磯山センパイの向こうで、根岸勇太郎がゆっくりと顔をあげた。

「……祐子は、最後に何と言った?」

根岸勇太郎は、真一の目をじっと見た。驚いた真一が答えられずにいると、彼はもう一度同じことを訊いた。

「祐子は最後に何と言ったんだ？」

「……ありがとう、って」

「そうか」

根岸勇太郎は無表情のまま頷いた。

「お前たち、もう通っていいぞ」

「えっ？」

「どういうことだ？」

「門は開けてやるが、こいつには残ってもらう。勝負はまだついてないからな。こいつが打ち続けるのなら、他は通っても構わない」

「いや、だけど、それは……」

「お前はどうなんだ？」

根岸勇太郎が磯山センパイの目を見すえた。

「ボクはそれで構わないヨ」

あっさりと承知した磯山センパイが、アキラを仰ぎ見るように振り返った。

「ここはボクに任せロ」

「大丈夫なのか？」

「あア、任セロ。必ず勝って後で追いかけルカラ、皆は先に進めヨ」

センパイのメガネが、何かのフラグが立ったかのように、きらーん、と光った。

「お兄ちゃん、本当に大丈夫なの？」

「あア。それより何か必要なものがあっタラ、今のうちに取ってオケ」

磯山センパイは両腕を広げるようにして、立ち上がった。そこに睦美ちゃんがつかつかと近付いていく。

「えーっと、じゃあ必要なのは、ペットボトルのお茶と、チョコレートと、それからホチキスもいるかな。あとは携帯音楽プレイヤーをスピーカーも付けて」

「ペトボトラッチ！　ショコラッッティオゥン‼　キッッッスミー！　アイッッポッドォーン！」

何かを取りだされるたびに、磯山センパイがおかしな声をあげた。

「ねえ、根岸くん」

騒ぎの外から、真一は話しかけた。

「君は祐子ちゃんと、どういう関係だったの？」

「かつておれは、あの女のことが好きだった。初恋というやつだな」

「……え？」

「言っておくが同級生だからな。幼なじみなんだ。今の見た目は大分違うが」

驚く真一に、根岸勇太郎は続けた。

「通してやるのは、祐子の願いを叶えてくれた礼もある。本当はこの先には進まないほうがいいんだがな」

「それは……どうして？」

「たとえそれが叶わなくてもな、願いや思い残しがあるってだけで、本当は幸せなのかもしれないんだ」

「どういうことだ？」

隣からアキラが声をだした。

「どうもこうもない。思ったままを言ったまでだ」

アキラと根岸勇太郎はしばらく視線を交わす。

「……お前らがどうあれ、おれたちには、おれたちの願いがある。だからこの先にも進むぞ」

「ああ、そうだったな。勧めはしないが、止めもしない。どっちにしても、おれは〝盤上の最善〟にしか興味がない」

根岸勇太郎は再び将棋盤に視線を戻した。彼は多分、本当のことしか言っていないのだろう。

「そうか。ありがとな、勇太郎。門を開けてくれたのには礼を言うぞ」

爽やかに言ったアキラが、さっと踵を返した。

「じゃあね、お兄ちゃん」

「磯山センパイ、頑張ってください」

「あア。桂馬《けいま》が出たところノ、同銀はまずかったカナ」

将棋盤を挟んだ二人はもう、感想戦を始めていた。ペチペチと駒を動かす磯山センパイをその場に残し、サバイ部の一行は、門に向かって歩きだした。

「多分、進むほど、相手は手強くなる感じだからな。危ないやつらには近付くなよ」

アキラは前を向いたまま言った。

「はい！　近付きません」

「遠距離攻撃は魔法の得意とするところだ」

門の手前で、一度だけ全員で振り返った。遠く、二人の勝負がまた始まったのが見える。

「男の勝負だね」

「ああ。そうだな」

五人と一匹は門に向き直った。

さっき試したときにはびくともしなかった扉が、トンボが指先に止まるような力であっさりと開いていった。

全員が門を抜けると、背後で再び扉が固く閉じた。

# act.5　何もない世界

背中で扉が閉じると、まるで世界そのものが変わったようだった。

門を抜けた先の世界は、今までと音も光も匂《にお》いも雰囲気も違った。おそるおそる歩きだした一行だったが、一歩ごとに違和感に包まれていく。こんな感覚は味わったことがない。夢のなかを歩いているような、時間の止まった精神のなかを歩いているような感覚が、足下を不安にさせる。

歩いているように思えるけど、本当に自分は歩いているのだろうか……。

「これは一体、どちらに向かえば……」

何もなかった。目の前には平原がただ広がり、先には何も見えなかった。音も聞こえないし、目印になるようなものもない。足下には背の低い草が生えていたけど、どこまで行っても画一的だ。灰色の空は完全な単色で、少しのグラデーションもない。

「まっすぐに進むしかないだろ」

「……そうだけど」

二の門までは道があった。その道の先に何があるのかはわからなかったけれど、進むなら他に選択肢はなかった。この世界の住人との邂逅《かいこう》が、どこかで約束されていた。

だがここは何もない静寂の世界だ。

「ねえ、さっきから足音が聞こえないんだけど」

遥香が不安げな声を漏らした。

「足音？」

わざと大げさに草を踏んでみると、足下からは確かに何も聞こえてこなかった。

「ホントだ」

「やだ！　どうして⁉」

睦美ちゃんが悲鳴のような声をあげて、真一の腕に摑《つか》まった。一行は足を止めて、怯《おび》えた顔を見合わせる。アキラだけが周りを睨《にら》むように見渡している。

仲間の心臓音すら聞こえてきそうなほどの静寂な世界には、平原と灰色の空しかなかった。遠く通ってきた二の門だけが、小さく見える。

「どうする？　アキラ」

「戻ればいいのよ」

背後から突然聞こえた声に、心臓を鷲摑《わしづか》みにされた気がした。振り返った一行は、その存在に息を呑《の》んだ。

さっき二の門を振り返ったときは、確かに誰もいなかった。だけど今、その人は二の門を背に、こちらに近付いてくる。声は至近から聞こえたようだったが、実際にはだいぶ離れている。

「こんなところまで、やって来るとは思わなかった」

近付いてくるにつれ、はっきりとわかった。黒い髪に、黒い制服。長いスカート。落とし穴に突然現れ、突然消えた、ヒトミと名乗った女だ。

「この先はあなたたちでは無理よ」

ヒトミは真一たちの数メートル先で足を止めた。

「あなたたちは、これ以上、進むことはできない」

「どういうことだ？」

訊いたアキラを、ヒトミの黒い瞳《ひとみ》が見すえた。

「この世界のことが、まだわからないの？」

「いや、だいたいわかったぞ」

怯える一行のなかで、アキラだけは堂々と彼女に対峙《たいじ》していた。

「この先にまだいるんだろ？　バスの事故で命を失った小学生たちが」

「そんなことまで知ってるのね。だったらなおさら、早く帰ったほうがいい」

「なんでだ？」

アキラは彼女に向かって一歩進んだ。

「おれらが行ったほうがいいんじゃないのか？　おれらが行って、そいつらの願いを叶《かな》えてやったほうが、いいんじゃないのか？」

ヒトミはアキラを見つめたまま、長い黒髪を後ろにはらった。

「そんなのは無理よ」

「どうしてだ？」

アキラの問いに、ヒトミは深くて長いため息をついた。

「願いを持たない者がいたら、どうするの？」

「願いを、持たない？」

「そう。たとえば絶望に囚《とら》われて、願いを持たない者だっているでしょう。たとえば決して叶わない願いを持ってしまった人間。たとえば強烈な不満や思い残しがあっても、それを純化していくしかない人間。この先にいるのが、そんな者ばかりだとしたら、あなたたちはどうするの？」

彼女の問いは真一の胸に鋭く突き刺さった。

不満や思い残しを純化していくしかない人間……。救いたいとか、願いを叶えてあげたいとか、そういうことが通用しない世界……。願いのない世界には、きっと出口なんてない。

「お前が、」

アキラは鋭い視線を崩さなかった。

「お前がそうだっていうのか？」

「そうかもしれない。ねえ、そうだとしたら、教えてもらえる？　願いを持たないわたしは、どうすればいいの？」

「関係ないんだよ」

さらに一歩前に進んだアキラが、強くヒトミを睨んだ。

「おれは別に、お前たちの願いを叶えたいって思っているわけじゃない。自分の願いを叶えたいんだ。おれは翠のそばに行く。門があるなら通るだけだ」

ふふふ、と笑ったヒトミが、ゆっくりと言葉を継いだ。

「いろんな願いがあるものね。ねえ、じゃあ、あなたはこんなときどうするの？　もしも、この先に、あなたにずっとここに留《とど》まってほしい、と願う者がいたら」

「……それは、翠のことを言っているのか？」

「そうかもしれない。でも、もうわかったでしょう、無理なものは無理なのよ。相いれない願いを、同時に叶えることはできない」

ヒトミとアキラはしばらく睨み合った。

「わたしは忠告したわよ」

ヒトミはゆっくりと来た方角に振り返ろうとする。

「ねえっ！」

行ってしまう、と、直感で察した真一が彼女を呼びとめた。

「一つだけ聞かせて」

「……何？」

ヒトミは真一を見た。

「どうして翠ちゃんなの？　この世界は、事故にあった人たちの世界なんでしょ？　なんでそこに翠ちゃんがいるの？」

「……事故に、生存者が一人いたことは知ってる？」

ヒトミはじっと真一の目を見つめた。

「クラスのなかで一人だけ生き残ったの。それはつまり、この世界は一人欠けている、っていう意味でもある」

「それはどういう——」

「あなたでもよかったのよ」

じっと真一を見つめるヒトミは、背筋が凍るような優しい声をだした。

「いいえ、むしろあなたのほうが、相応《ふさわ》しかった。この世界には、あなたの血が一番似合う」

「何を言ってるんだ？」

大声をだすアキラに、ヒトミは微笑《ほほえ》みかけた。

「よく考えて。わたしは忠告したから。もう戻ったほうがいい。二の門が見えているうちしか、戻れないわよ」

振り返ったヒトミは、来たときと同じゆっくりした歩調で去っていく。

「——えっ」

「また消えた⁉」

左右を見回したけど何も見えなかった。落とし穴のときと同じだ。

歩き始めたヒトミの後ろ姿は、いきなり跡形もなく、きれいに消えてしまった。

◇

五人は前に進んだ。振り返ってももう、二の門は見えない。これでいよいよ、この世界には何の目印もなくなってしまった。

「本当にこっちでいいんですかね？」

睦美ちゃんの問いに、わからない、と真一は首を振った。

出口のない輪のなかを歩いているようだった。どちらに進めばいいのか、というよりもう、進んでいるのかどうかさえわからなかった。海原の真ん中で方向を失った小舟は、やがて太陽に焦がされてしまうかもしれない。

「やっぱり、こっちに行くぞ」

急に直角に曲がったアキラに、真一たちは慌てて付いていった。ヒトミが消えてから、アキラはずっと苛《いら》ついている。彼女に言われたことに苛つき、また、歩いても歩いても変化のないこの世界に苛ついているのだろう。

もしも願いのない者がいたら……真一は考えをめぐらせる。もしも願いのない者が統べている世界があったなら、こんなふうに何もない世界なのかもしれない。方向も、標石も、目的も何もない世界……。

「あっ！　何かあるよ」

それに気付いたのは遥香だった。遥香が指さす方角に、サバイ部の一行は顔を向けた。グラデーションのない世界に、遠く、青いものがぼんやりと見えた。それは二の門を抜けてから、初めて存在した立体物だった。

「なんだろうね、あれ」

「行ってみる、か」

一行は用心しながら近付いていった。

やがてそれが青い鉄パイプで作られたフェンスのようなものだとわかってきた。幅は十数メートルくらいで、高さは腰くらいだろうか。どうしてこんなものがそこにあるのか、その脈絡は全くわからない。

「なんなんだ？」

「しかし、気をつけたほうがいい」

珠美センパイの言葉に、アキラが黙ったまま頷《うなず》いた。

「……おれが見てくる。皆はひとまず、ここにいてくれ」

真一たちを置いて、アキラはゆっくりとそこに近付いていった。だけど何も起こらない。

青いフェンスに手を伸ばし、がちゃがちゃ、と揺するが、やっぱり何も起こらない。そこにはフェンスがあるだけで、先に何かがあるというわけではなさそうだ。

「またぐなよ」

突然、男子の声が聞こえた。

「あ⁉」

「絶対に、入るなよ。またいだら、お前、終わりだぞ。またぐなよ」

「誰だ⁉」

アキラは怒鳴り、真一たちも辺りを見回した。だけど誰もいない。声は真上から降ってきたような感じで、相手のいる方角も全然わからない。

「どういうこと？」

「またいだら、何だって言うんだ？」

真一とアキラは順に声を張り上げたが、しばらく待っても返事はなかった。

「フェンスをまたぐな、ってこと？」

「デッドラインのつもりか」

珠美センパイが、ふふん、と笑った。

「脇を通り抜けることだって、できちゃうけど」

「アキラどうするの？」

フェンスに手をかけたままのアキラに、真一は問いかけた。

「このままじゃ埒《らち》があかねえ。おれは向こうに行ってみるぞ」

「待って！　落とし穴のときと同じかもしれないし」

真一は大声でアキラを止めようとした。

「ああ。だから真一は、このままこっちにいてくれ。お前らも気をつけろよ」

一行は顔を見合わせ、静かに頷いた。

「アキラ、だけど気をつけてね！」

アキラは前を向いたまま、右の拳をぐっと握った。

「行くぞ！　またぐからな！」

天に向かって叫んだアキラが、ゆっくりとフェンスをまたごうとした。すると再び、その声が降ってきた。

「入るなコラ！　入るなよ！　またぐなコラッ！　またぐな、またぐなよ、またぐな、またぐなよ！　絶対に」

「うるせえぞ！」

一旦《いったん》足を止めたアキラだったが、そのままゆっくりとフェンスをまたぎ、向こう側に足を踏み入れた。

「で、何がどうなんだ？」

アキラが天に向かって問うたが、何も起こらなかった。だがやがて静寂を切り裂くように、その声が響いた。

「それが、お前のやり方かっ！」

「あ？　何言って――」

「アキラ⁉」

「危ないっ！」

空気中から溶けだすように、二人の男が現れた。プラスチックのバットを握った二人が、アキラめがけて突進してくる。

「避《よ》けて！　アキラ！」

一人がぶるんと振った赤バットを、アキラはぎりぎりでかわした。続いてもう一人が振りおろした青バットが、地面にずん、とめり込んだ。

「まじかよ⁉」

慌ててフェンスから離れるアキラを二人が追った。二人が振り回しているのは、子どもが遊びで使うプラスチックのバットだ。なのに、さっきまでアキラが立っていたところに、クレーターのような巨大な穴ができあがっている。

「ちょ、ちょっと待て！　こらっ」

バットを振り回す二人から逃れながら、アキラが叫んだ。二人は小学生がそのまま大きくなったような感じで、特に青バットの丸刈りはいかつい体格をしている。赤バットのほうはタンクトップに短パンで、野球帽を逆さまに被《かぶ》っている。

「何がこらだ、こらー！」

逃げるアキラをめがけて、二人はバットをフルスイングした。説明のつかない破壊力が、地面を穴ぼこだらけにしていく。

「死ね、コラッ、タコこらーっ！」

「何コラ、タコこらーっ！」

「やめろ！」

真一が叫ぶのと同時だった。野球帽が振るった赤バットが、アキラの腿《もも》のあたりに直撃した。遥香と睦美ちゃんが悲鳴をあげるのと同時に、丸刈りが青バットを袈裟《けさ》切《ぎ》りのように振るった。

鈍い音と悲鳴と絶叫が交差した。真一は青ざめながら、フェンスを越える。

「お前たち！　大呪文《だいじゅもん》を見せてやろう」

珠美センパイがとてつもない大声をだした。

「右手に炎のエネルギー、と同時に左手に氷のエネルギー」

珠美センパイの大声に気を取られた二人を迂回《うかい》するように、真一はアキラのもとに駆け寄る。

「二つの魔法力をスパークさせ、生まれた光を矢のように放つ！　その矢は触れるもの全《すべ》てを、消滅させるだろう。ちなみに、この呪文は、正と負の熱エネルギーを、全く互角に合成しなければならない。威力は強大だが、かなり難しい呪文だ」

真一はアキラを抱きかかえながら、二人から距離を取ろうとした。青バットの直撃をくらったアキラは、胸の辺りを押さえているが、なんとか動くことはできるようだ。

「というより失敗すれば、自分が消滅してしまうわけだが、今なら成功する気がする。お前たち、歴史的瞬間を見届けろ。本来なら、逃げることをおすすめするがな」

フェンスの向こうで、珠美センパイが両腕を広げていた。何かをぶつぶつとつぶやきながら、右と左、それぞれの掌《てのひら》に気を集中している。野球帽と丸刈りの注意は、完全に珠美センパイに向いている。

「なあ、今、何か光ったぞ」

二人はこそこそとしゃべった。

「どうする？　一応、逃げとく？」

「……ああ、やばいかも」

「ふふふふ、まあ、見届けるといっても、その瞬間、お前らは消滅してしまうわけだが」

大迫力の珠美センパイに、二人は一歩、二歩、と後ずさった。

「……アキラ、大丈夫？」

と、真一は小声で訊《き》いた。

「大丈夫だ。……だが、ちょっと時間を稼いでくれ」

頷いた真一は、珠美センパイの様子をうかがった。まだ珠美センパイが、二人の注意を引きつけてくれている。

「これが極大消滅呪文、だ」

バチン、と合わせた珠美センパイの掌から、きらきらと妖《あや》しい光がこぼれた。

「わたしの可愛《かわい》い妹たちよ。お前たちの力も貸してくれ」

「は、はい！」

珠美センパイの両脇で、遥香と睦美ちゃんが片膝《かたひざ》立ちになった。遥香はサモア人力士の双手《もろて》突《づ》きのような体勢で、睦美ちゃんは歌舞伎《かぶき》役者が見得を切るときのような体勢で、それぞれ見えない力を珠美センパイに送り始める。

「ありがとう、妹たちよ。わたしが消えたら、墓には月見草を供えてくれ」

珠美センパイはそのままゆっくりと、弓を引くような体勢になった。狙《ねら》われた二人はぽかんとした顔をしていたが、慌ててまたじりじりと後ずさった。

風のない世界に、とてつもない緊張感が走り抜けた。

極大消滅呪文——。

だけど狙い定められたそれは、なかなか発動されなかった。狙われた二人が少し動くと、珠美センパイも体の向きを変える。遥香と睦美ちゃんが、見えない矢に見えない生命エネルギーを送り続ける。

その矢はまだ放たれなかった。狙われた二人が目と目を合わせ、やがて小さく首を傾《かし》げる。

「……なあ、どうする？　逃げてもいいけど」

「いや、逃げなくてもいいんじゃね？」

「待ってください！　センパイ」

即興物語《インプロビゼーション・ロマンス》のスイッチを入れながら、真一は大声をだした。

「……どうした？　後輩」

弓矢を構える姿で標的を見据えたまま、珠美センパイが訊いた。

「センパイ……、アキラの弔いだったら、もう必要ないんです。もうセンパイが、そんな危険な呪文を唱えることはありません！」

「どういうことだ？」

うずくまるアキラを抱いた真一に、全員の注目が集まった。

物語のギアが現実と空想との間を激しく行き来し、いきなりトップギアにシフトされた。

特別描き下ろし漫画

# 「伝説のヤンキー、その名は…」

横田卓馬

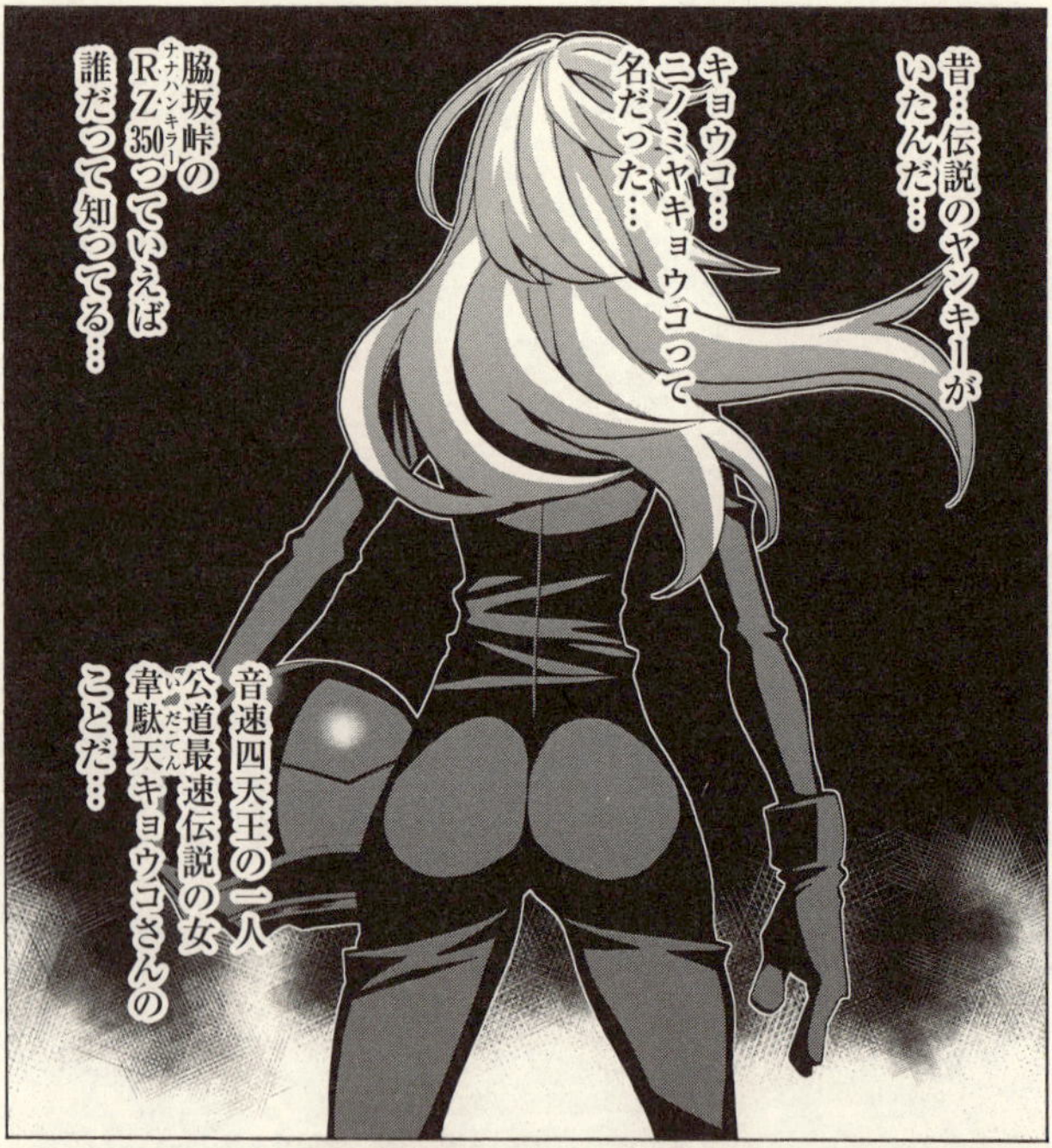
昔…伝説のヤンキーがいたんだ…
キョウコ…ニノミヤキョウコって名だった…
脇坂峠のRZ350《ナナハンキラー》っていえば誰だって知ってる…
音速四天王の一人
公道最速伝説の女
韋駄天《いだてん》キョウコさんのことだ…

峠を駆け抜ける750《ナナハン》キラーのテールは誰も捉えられなかった
パールホワイトの車体は風のように疾走《はし》る

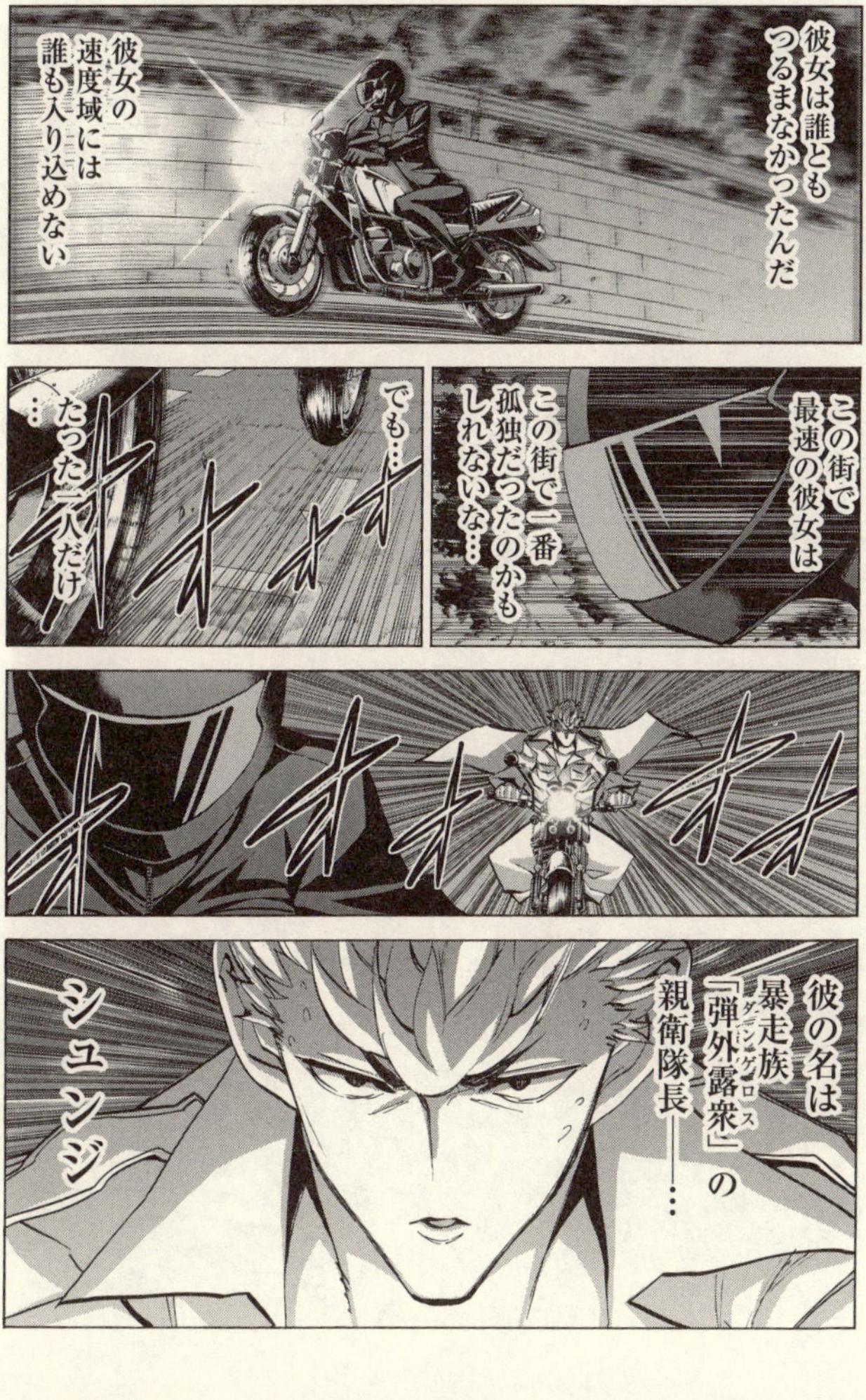
彼女は誰ともつるまなかったんだ
彼女の速度域には誰も入り込めない
この街で最速の彼女は
この街で一番孤独だったのかもしれないな…
でも…
…たった一人だけ
彼の名は暴走族『弾外露衆《ダンゲロス》』の親衛隊長──…
シュンジ

彼はある日
キョウコの走りを見たんだ
衝撃だった
こんなにしなやかで
美しいモノを
彼は初めて見たと思った
彼は
深紅のBN400HM《バーニング・ハンマー》を
組み上げ
毎日
脇坂峠に
出没するように
なった
キョウコをつけ回し
ラインを盗み
だけどすぐに
ぶっちぎられた
でも
諦めなかった
彼女を抜くには
至らなくても
彼女の後ろに
ついていきたかった

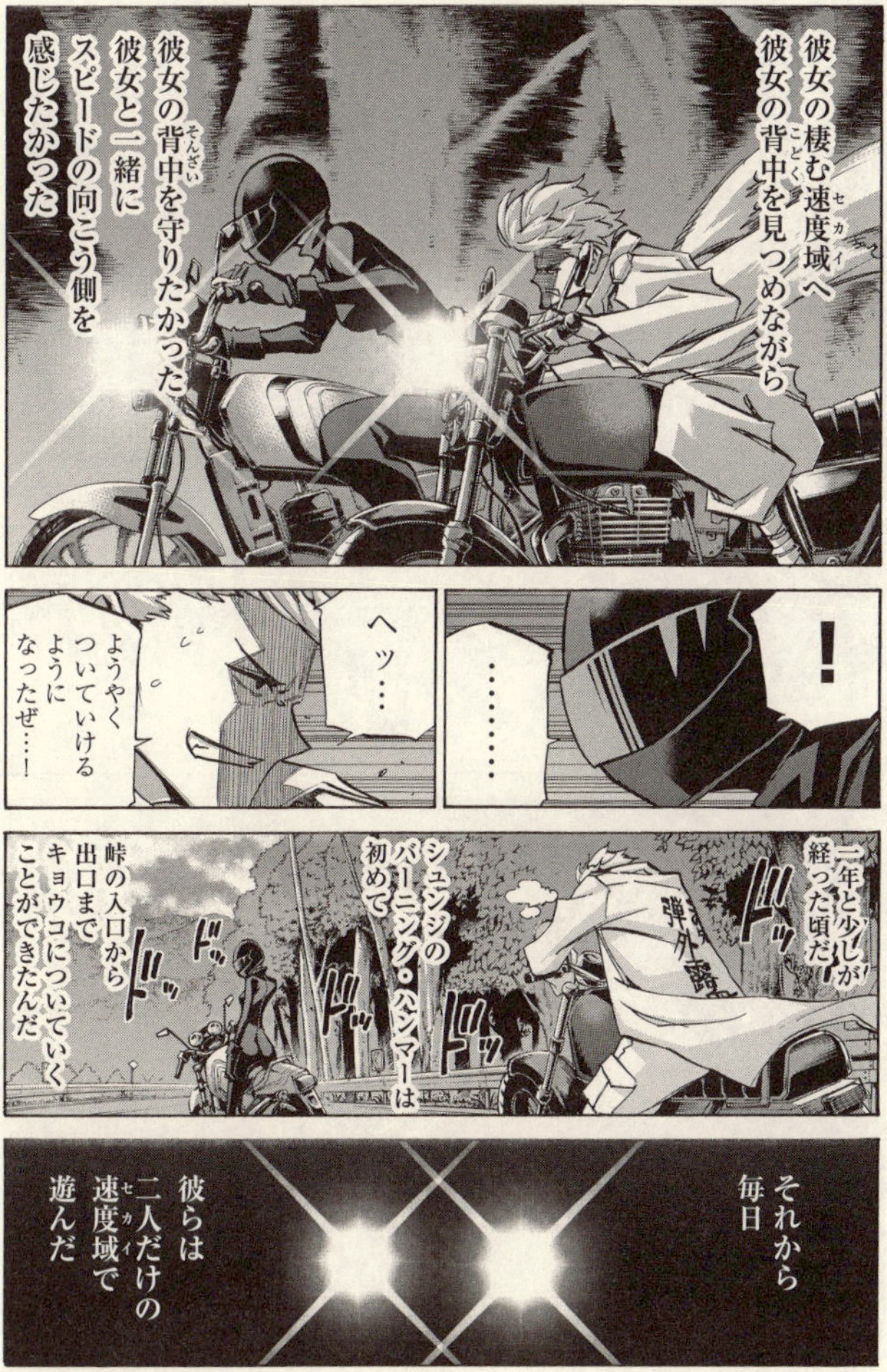
彼女の棲む速度域《セカイ》へ
彼女の背中《こどく》を見つめながら
彼女の背中《そんざい》を守りたかった
彼女と一緒に
スピードの向こう側を
感じたかった
!
………
ヘッ…
ようやく
ついていける
ように
なったぜ…!
一年と少しが
経った頃だ
ドッ
ドッ
シュンジの
バーニング・ハンマーは
初めて
ドッ
ドッ
ドッ
峠の入口から
出口まで
キョウコについていく
ことができたんだ
それから
毎日
彼らは
二人だけの
速度域《セカイ》で
遊んだ

まるで仲の良い姉弟みたいだった
二人はどんな恋人にも感じることのできない絆を感じていたのかもしれないな
また何ヵ月かが経った頃だ
ドッ
ドッ
ドッ
ドッ
休憩かよ
ズッ
この先
ドッ
ドッ
ドッ
珍しいじゃねエか
ドッ

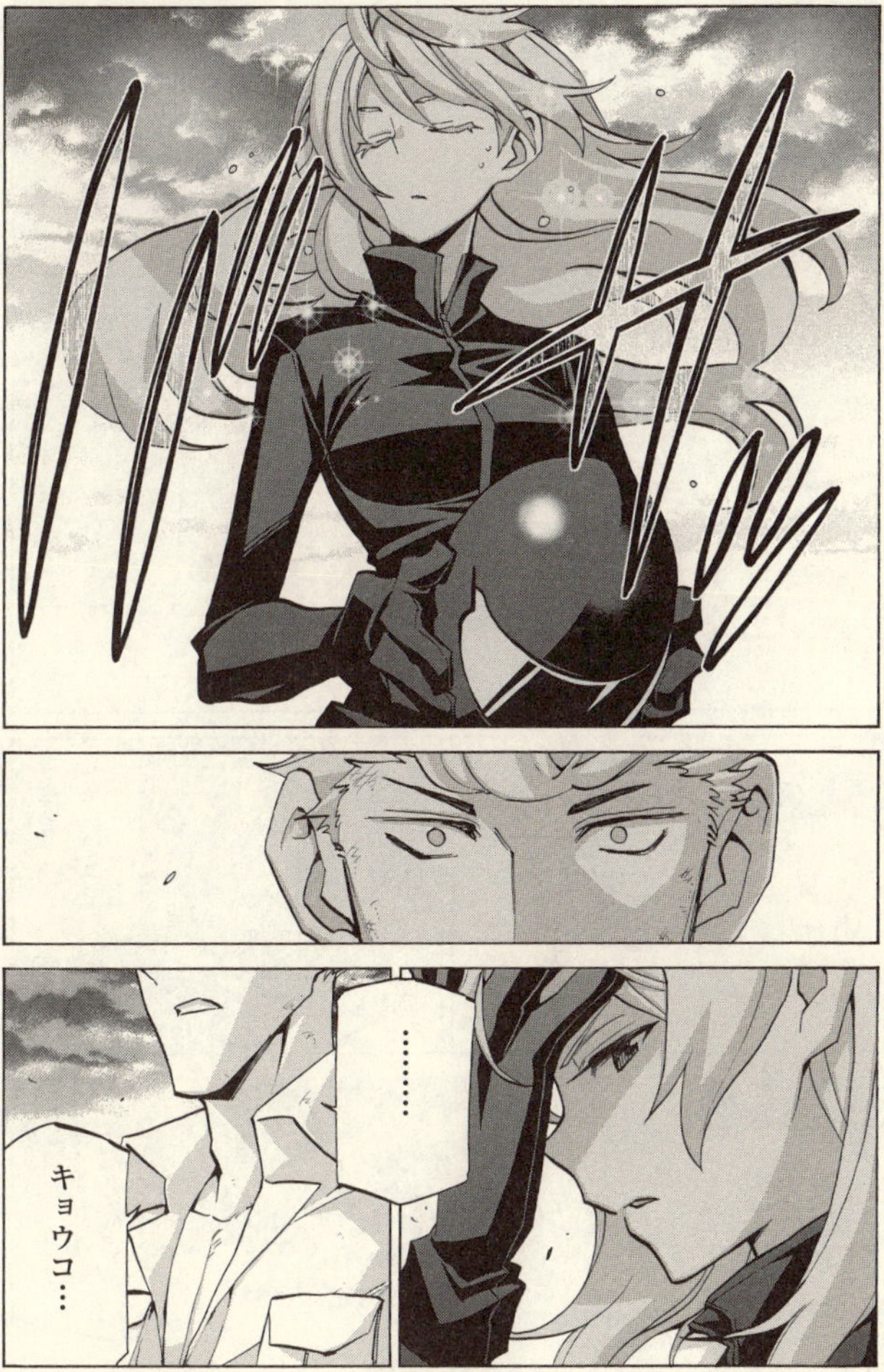
キョウコ…
…………

おれと付き合ってくれ
…族《ゾク》はキライだよ
お前が望むなら
不良《ツッパリ》もやめる
今日…どうしても果たさなきゃならねェ約束がある
世話になった六代目総長の引退式だ
それが無事終わったら必ずケジメつける

そしたら
また
この場所で
会って
くれねェか…
シュンジは
族から
抜けるつもりで
いた
だけどその日
弾外露衆の総長に
恨みを持った
チームが
罠を仕掛けて
いたんだ

停車中の単車に
細工をするという
卑劣な罠だ
〝血塗られた日曜《ブラッディ・サンデー》〟
として
近隣の不良に
今も語られる悲劇
シュンジの命は
閃光のように
その日あっけなく散った
それから
近隣の族は
混乱した
族狩りや
裏切りの噂が
流れ
彼らは
敵対するチームを
襲撃したり
仲間を
つるし上げたりした

地獄絵図だった
そんなとき
キョウコが
初代総長
立ち上がったんだ

キョウコは
「婆婆威婆亜《サバイバー》」の
結成を宣言し
自分が初代総長を
名乗った
キョウコは
族が嫌いだった
初代総長
だけど
抗争を繰り返す
近隣の不良を
まとめあげようと
したんだ
公道最速伝説を持つ
キョウコの元に
まずは
音速四天王の
残り三人が集まった

それはつまり
彼らが束ねる
三つの巨大な族も
傘下に収めたってことだ
それから
他のチームも
続々と
婆婆威婆亜の
元に集まった
キョウコは
近隣の不良を
一つにまとめあげ
たんだ

ッ…！
かッ…
勘弁してくださいッ…!!
あんなことになるなんて思ってなかったんス…！
まさか…死ッ…
死んじまうなんて…!!
勘弁してくださいッ…！
許してくださいいいいい!!
スッ
ポトッ
ジャリッ

許す
えッ…！ちょっ…！
そんな…！
それでいいんスかキョウコさん…!?
こいつはシュンジの…!!
〃静まれ《トリコ》
男子《ジカケ》〃
婆娑威婆亜は走りを追求するチームだ…
バカやりたきゃよそでやんなよ

それからチームは
シュンジの魂を
追悼走で送った
この辺りの不良が
全て集まり
シュンジの魂を送ったんだ
やがて
婆婆威婆亜の
高校での居場所
を作るため
キョウコさんは
「サバイ部」を
創部した

ねェ
みんなは
知ってる？
ほあああぁ…
サバイバーって
どんな意味だと
思う？
生き残った
人たちって
意味だよ
シュンジを失った
キョウコさんは
一番悲しかったと
思うんだ
でも彼女が
そんな深い
悲しみの淵
から…
立ち上げて
くれた
「サバイ部」を…
うんうん…
僕は
…
誇りに
思うよ…！
うう…
二宮先生に
そんな過去が…
切なイ
ネエ…
全米が
泣いた
ほろり…
え…
いや
ちょっと
みんな…？

おしまい

## ラジオ体操――あとがきに代えて

小学生時代の夏休み、毎朝六時半に始まるラジオ体操に通った。

今から考えてみると、これは驚異的に凄《すご》いことだ。朝六時半というのは、八時半と比べても、三倍くらいは凄い。六時半に集まって釣りに行く、というのとは違って、やるのは体操なのだ。

そのころの自分のモチベーションが知りたいところだが、特には何もなかった気がする。強いて言えば中学生のお姉さんが、僕らが首からぶら下げたカードに「出」というハンコを押してくれるところに、軽い満足感があった。

ラジオ体操をする→出→またラジオ体操をする→出出→またラジオ体操をする→出出出→またラジオ体操をする→出出出出出。

無理して早起きする動機としては全く成立していないが、案外小学生というのはそんなものなのかもしれない。つまりハンコとカードさえ用意すれば、小学生などたやすく掌握できるということだ。

皆勤賞クラスまでハンコを集めると何らかの景品が貰《もら》える、という話もあったが、それにはほとんど興味が無かった。景品の内容が、ジャポニカ学習帳とかそういうものだったからだ。だけどそうじゃない年が一回だけあった。

僕らは小学四年生だった。「夏休みの友」と一緒に配られるラジオ体操のカードを見て、教室内は一気にざわついた。

例年と違い、そのカードはカラー印刷されていた。普段、僕らが学校で目にする類《たぐい》のデザインとは明らかに異質なものが、そこには印刷されていた。間延びした感じのピエロに、横縞《よこじま》の服にサングラスの怪盗――。ゴムマリのような紫色の生物に、国籍がわからない少年と少女――。

それはその年、僕らの街に初めてできたマクドナルドのキャラクターだった。カードの表にはハンコを押すためのマス目があり、ハンコを集めて素敵なプレゼントを貰おう、と書いてある。

「うっひょー」

と、トーガ（仮名。現在、営業課長）がおかしな叫び声をあげ、

「まじかよ！　やべえよ！」

と、マッキー（仮名。現在、岐阜県警刑事）が騒ぎ、

「静かにしなさい！」

と、イグチ先生（仮名）が雄叫《おたけ》びをあげた。

どうやらハンコを全部集めればポテトのSとちょっとした景品が貰える、ということらしかった。ポテトのS。これに僕らは熱くなった。当時のポテトのSには、それくらいの価値があった。その街に初めてできたマクドナルドのポテトは、夢のフードだった。

僕らは毎朝、早起きしてハンコを集めた。

「昨日はおばあちゃんの家に泊まりにいって、そっちでラジオ体操をしました」

そんな嘘《うそ》を言ってまで、僕らはハンコを集めた。きっと中学生のお姉さんには嘘だとバレていたと思う。

そこまでして集めたハンコだが、プレゼントを貰いに行くことはなかった。フットワークの軽いマッキー（仮名）あたりは行ったかもしれないけれど、あきっぽいトーガ（仮名）やイトー君（仮名）は行っていないだろう。僕も行っていない。

そのあたりの心情は、よく覚えていないのだが、まあ、小学生というのは案外そんなものなのかもしれない。

小学生はハンコを集める。ただしポテトの問題じゃない！　ポテトの問題ではないのだ。

次巻予告
〝闘いと冒険〟の物語、
いよいよ感動の
フィナーレ!!

僕らはまだ、恋をしていない！ Ⅲ

中村 航 著

サバイ部の前に、次々と立ちはだかる強敵たち。
真一とアキラは、事故に遭った子どもたちの願いを一つずつ叶え、前に進むことができるのか？
そして、〝闘いと冒険〟の果てに、彼らが手にしたものとは!?

装画●横田卓馬　**2015年4月刊行予定**

本書は、ランティエ（角川春樹事務所）二〇一三年十一月から二〇一四年七月号に掲載された作品を大幅に加筆・訂正したものです。

「永遠の呪文」 DEARSTAGE, Inc

ハルキ文庫

な11-2

僕《ぼく》らはまだ、恋《こい》をしていない！Ⅱ

著者 中村《なかむら》 航《こう》

2015年2月18日第一刷発行

発行者 角川春樹

発行所 株式会社角川春樹事務所
〒102-0074 東京都千代田区九段南2-1-30 イタリア文化会館

電話 03(3263)5247(編集)
03(3263)5881(営業)

印刷・製本 中央精版印刷株式会社

フォーマット・デザイン 芦澤泰偉
表紙イラストレーション 門坂 流



ISBN978-4-7584-3875-9 C0193 ©2015 Kou Nakamura Printed in Japan
http://www.kadokawaharuki.co.jp/[営業]
fanmail@kadokawaharuki.co.jp[編集] ご意見・ご感想をお寄せください。

アンソロジー

# 風色デイズ

競技を通じ、自らの限界に挑み、時に超える。他人と衝突し、時に理解し合う……。若きアスリートの、喜怒哀楽に満ちた日々。あさのあつこ×マラソン、梅田みか×バレエ、大崎梢×バスケットボール、川島誠×ハンドボール、堂場瞬一×ラグビー、はらだみずき×サッカー、三羽省吾×野球——各々思い入れたっぷりに描いた、今、この文庫でしか読めない全七編。スポーツが不足がちな方にも、過剰気味な方にも、よく効くアンソロジー。

ハルキ文庫